전생
도망칠 수 있을 줄 알았나요,
오빠?
2
my brother?
따위못

놀랄 일은 하늘에 있었다.
늦겨울의 건조한 창공.
그것을 가득 메운 무수한 새 떼.
“우측~! 좀 더 넓게 포위해!
중앙은 반대로 너무 나갔어!
약간 물러나서 지 군을 약 올리자!”
무시무시한 수의 새들을 남김없이 완벽하게 제어하는 소녀.
새들의 공격을 전부 피하고 있는 소년.
필리네 포스포드.
그리고 잭 리버.
소문보다 훨씬 대단한 실력이었다.
이 두 사람은 올해 겨우 아홉 살이 된다고 했다.

NOVEL
전생 따위로 도망칠 수 있을 줄 알았나요, 오빠?
2권 발매 기념 초판 한정 특전
[NOT FOR SALE]
©Kyosuke Kamishiro 2021
Illustrator: Kakeru Kirin
KADOKAWA CORPORATION

"잭! 쓸데없는 움직임이 많아!
페인트와 진짜 공격을 확실하게 판별해!
필은 반대로 너무 군더더기가 없어
움직임에 장난을 섞지 않으면 간단히 간파당해!"

“뭐……라고요—?!?!”
“재밌겠는데.”
“……2급 시험을 본다고?”
“……그렇구나.”
나는 남몰래,
그리고 누구보다도 빨리
진실을 말했다.
“강하네.”

『제2시험장! 잭 리버!
수험 급수는— 2급!!』
괴괴히— 장내가 고요해졌다. 하지만 그건 잠깐이었다.
직후. —관객석에서 술렁거림이 폭발했다.
2급 수험생 / 잭 리버

나도 좋든 싫든 이해하게 되었다.
지금 눈앞에서 펼쳐지고 있는 것은
천재와 천재의 싸움임을.
아아— 그런 거구나.
우리는 라이벌.
모두가 적이다. 경쟁 상대다.
서로 속내를 살피기도 하고,
서로를 실각시키려고도 한다.

―하지만.
그건 경의가 있기에 그런 것이다.
인정하기에 힘껏 밟는다.
강함을 추구하여 이 학원의 문을 두드린 우리는―.
―전력으로 싸우는 것이…… 최고의 우정인 거다.

Contents

Even if you can escape with reincarnation, my brother?

전생 따위로 도망칠 수 있을 줄 알았나요, 오빠? 2

Even if you can escape with reincarnation, my brother?

저자
카미시로 쿄스케

일러스트
키린 카케루

옮긴이
송재희

이전 줄거리

……음? 아아, 돌아왔나. 어디 갔나 했어. 기쁜데? 동료는 많은 편이 좋지. 안 그래?

아무튼 괜찮아? 지금까지 무슨 일이 있었는지 잊어버리진 않았어?

……아~ 이런, 어쩔 수 없지. 이것도 『인연』이니까 한 번 훑어 줄게. 동료 좋다는 게 뭐겠어. 필요 없다면 흘려들어.

이건 무지막지하게 위험한 여자에게 걸린 불쌍하디불쌍한 남자의 이야기야.

친동생에게 비정상적으로 사랑받아 무려 5년이나 감금당한 남자가 있었어. 잠겨 있던 문이 어째선지 달칵 열리면서 그 녀석은 도망쳤지만, 쫓아온 동생과 함께 트럭에 치여 죽어 버렸지. 여기까지만 보면 어디서나 볼 수 있나 흔해 빠진 참극이야.

하지만 남자는 기회를 얻었어. 다른 세계로 영혼을 전생시킬 기회를 말이야.

남자는 시골 백작가의 장남, 잭 리버가 되어 다정한 가족에게 사랑받으며 쑥쑥 컸어. 신이란 녀석이 준 특혜로 정령술 ― 음, 초능력 같은 거지 ― 재능도 얻어서 인생 이지 모드인 줄 알았지만! ……악랄하게도, 다정한 가족 중에 예의 그 동생이 전생하여 숨어 있었어.

잭은 접촉한 것을 부유시키는 정령술 【자립의 투익】을 구사하여 어떻게든 동생을 격퇴했어. 이때가 만 1세. 상대가 악마 같은 전생자이긴 하지만, 겨우 1세에 살인 데뷔라니 참 록 스피릿 충만한 인생이야.

여하튼 위험천만한 동생이 죽으면서 해피 엔딩. ……으로 끝나진 않았어.

이건 잭이 모르는 일이야. 우리만 아는 일.

녀석은 다른 인간으로 또 전생했어.

그야 그렇겠지. 한 번 전생했는데 두 번은 못 하겠어? 이제부터 잭 주변에 나타날 누군가가 또 그 동생이 전생한 존재일지도 모른다는 거지. 심지어 녀석은 이번엔 숨겠다고 선언했어. 그렇게 간단히 허점을 드러내지 않을 거야. 그래. 이제부터가 그 스토커 여자와의 진짜 싸움인 거지.

그로부터 6년 후. 일곱 살이 된 잭은 두 사람과 만났어.

한 명은 리버 가문과 인연이 깊은 상인 집안의 딸, 필리네 포스포드. 잭과 동갑으로 천진난만한 말괄량이 아가씨야.

다른 한 명은 숲에 쓰러져 있던 엘프 여성, 라켈. 소탈한 성격이면서 가슴이 무진장 큰 누님으로, 【신의의 접수】라고 타인의 정령술을 모방하는 치트 오브 치트 같은 정령술을 가지고 있지.

잭은 필리네와 함께 라켈의 제자가 되어 정령술을 배워 나가게 돼. 같이 목욕하고, 풋풋하게 쪽쪽거리면서 말이야. 히히히!

그렇게 몇 달이 지났을 때, 잭과 필리네는 도적에게 납치당해. 뭐, 결론부터 말하자면 수행하여 성장한 두 사람에 의해 도적단은 괴멸되지만— 그 말로가 얼마나 기괴하던지.

도적단『진홍의 고양이』는 서로 싸운 것도 아니고, 서로 죽인 것도 아니고, 스스로 자신을, 마치 고철을 폐기 처분하듯 파괴했어.

뭐, 결말은 기괴했지만, 결과적으로 사제 사이도 깊어지고, 잭과 필리네도 명성을 얻었으니 해피 엔딩이지.

이 사건이 잭의 목표였던 정령술 학원의 이목을 끌게 되며 지금에 이른 거야.

……자, 그럼.

바로 다음 이야기를 이어 가고 싶지만, 조금 신경 쓰이는 부분이 몇 가지 있었지? 너도 잊어버렸을지 모르니까 겸사겸사 복기해 둘까. 이것도 필요 없다면 흘려들어.

먼저 전생의 잭이 도망쳤을 때의 이야기야.

—문은 왜 열렸을까?

동생이 돌아온 것도 아니고, 잭이 밖에 나갔을 때 누가 있었던 것 같지도 않았어. 애초에 어떻게 밖에서 열었을까? 그 동생이, 너무너무 소중한 오빠가 있는 집의 열쇠를 다른 누군가에게 과연 넘길까?

그리고 또 하나. 잭이 필리네, 라켈과 만난 날. 엄마 매들린에게 손님이 왔었지. 그래, 잭이 현관에서 만났던 젊은 남녀 말이야.

—**그 녀석들은 결국 뭐였을까**?

라켈을 데리고 돌아왔을 때는 이미 가 버린 뒤였어. 이후로는 이야기에 등장조차 안 해. 너무 수상해서 뭔가 동생과 관련된 녀석들인가 싶어 경계했는데 말이지…….

그 밖에도 자잘한 의문점이 몇 가지 있어.

—라켈이 정령술을 수집하는 이유는?

—과거에 정령술사였다는 잭의 부모의 정령술은?

—여도적 비키가 말했던 『그녀』란?

예시를 들자면 끝이 없지만, 나불나불 떠들어 봤자 흥만 깨지겠지. 이번에는 이쯤 해 둘까.

다 생각났어?

그럼 됐고. 나는 슬슬 들어갈게.

자, 인과를 이어서 보기로 할까—.

부디 후회하지 말기를.

만난 것은 분명 죄가 아닐 테니.

2

Even if you can escape
with reincarnation, my brother?

Novel
Kamishiro Kyosuke

Illustration
Kirin Kakeru

The Golden boyhood:
The Prodigy Gathering Chapter

황금의 소년기: 신동 집결편

신생활의 포부

†

도적단『진홍의 고양이』가 괴멸되고 1년이 지났을 때.

봄이 오고 있는 다임쿠르드의 리버 백작저에 사자가 찾아왔다.

"……잭을 학원에…… 말입니까."

"네, 꼭 입학해 주셨으면 합니다."

응접실에서 가주 칼럼 리버와 마주 앉아 있는 것은 왕립 정령술 학원에서 온 사자였다.

흔히 말하는 스카우트였다.

"오는 길에 여기저기서 소문을 들었습니다. 자제분은 유랑 엘프에게 가르침을 받아 본격적으로 정령술 수행을 시작한 지 고작 넉 달 만에『진홍의 고양이』를 괴멸로 몰아넣을 만한 실력을 기르셨다던데."

"아뇨…… 너무 과대평가되는 것은 아들에게도 좋지 않으니 정정하자면, 아들이 무찌른 것은 어디까지나 두령인『피투성이 암표범』뿐입니다.『진홍의 고양이』가 괴멸한 요인은 따로 있습니다. 그리고 포스포드 가문의 아가씨와 협력했기에 이루어 낸 결과이기도 하죠. 아들 혼자서는 목숨도 위험했을 겁니다.”

“네. 그것도 들었습니다. 듣자 하니 『피투성이 암표범』은 자신의 실력을 과대 포장했었다고 하더군요. 포스포드 가문 쪽에도 다른 자가 이야기하러 갔습니다.”

칼럼은 고개를 끄덕였다.

그는 그 폐요새에서 일어난 일을 아들을 통해 남김없이 들었다.

“그래도 특필해야 할 공적이라는 것은 변함없습니다. 그 재능을 꼭 저희 학원에 맡겨 주셨으면 합니다. 반드시 위대한 정령술사로 성장할 겁니다.”

칼럼은 눈을 감고 잠시 침묵했다.

“……학원에 입학하는 건 본인도 희망하는 일입니다. 이야기하면 필시 기뻐하겠죠. 하지만 먼저 몇 가지 확인하고 싶습니다.”

“무엇을 말입니까?”

“아들은 전투과에 입학하는 게 맞습니까?”

“네. 맞습니다.”

“그럼…… 아들은 몇 급 시험을 보게 됩니까?”

정령술 학원의 전투과는 독자적인 등급 시스템이 있었다.

전교생이 입학시험에 따라 2급부터 6급까지 배정되었다.

보통은 입학하고 나서 급수를 올리지만, 입학할 때 높은 급수로 합격하면 같은 해의 신입생들과 대폭으로 차이를 벌릴 수 있었다.

무엇보다— 정령술 학원의 급수 배정 시험은 귀족의 사교장이기도 했다.

시험에서 후계자가 좋은 성적을 내면 귀족들에게 강한 존재감을 보일 수 있었다.

리버 가문은 작위는 백작이지만 그건 농업과 임업이 주요 산업인 다임쿠르드의 영토가 넓기 때문이었다. 그래서 왕도 귀족들에게 『시골 백작』이라고 야유받는 일도 적지 않았다.

그러한 부모의 태도는 자녀들에게도 영향을 준다. 아들의 풍족한 학원 생활을 위해서도 더 높은 급수의 시험을 치르게 하고 싶다고 칼럼은 생각했다.

물론 스카우트 남자도 그러한 사정을 모두 알고 있었다. 남자는 크게 고개를 끄덕이고서 자신 있는 음성으로 말했다.

"자제분은 3급 수험 허가를 이미 받으셨습니다."

"호오……."

칼럼은 눈썹을 올리고 감탄했다.

학생 대부분이 허락받는 것은 4급 수험까지다. 3급 수험 허가는 이례적이라고 할 수 있었다.

하지만 칼럼은 바로 수긍하지 않았다.

씨익, 아이 같은 천진난만함이 느껴지는 미소를 짓고서 말했다.

"그럼 대답을 드리기 전에 아들의 실력을 보여드리기로 하죠. 지금 마침 포스포드 가문의 아가씨와 함께 수행 중이니."

저택 뒤편에 있는 훈련장으로 안내받은 스카우트는 눈이 휘둥그레졌다.

"잭! 쓸데없는 움직임이 많아! 페인트와 진짜 공격을 확실하게 판별해! 필은 반대로 너무 군더더기가 없어! 움직임에 장난을 섞지 않으면 간단히 간파당해!"

사파이어처럼 빛나는 긴 파란 머리를 가진 소녀가 하늘을 향해 날카롭게 지시하고 있었다. 이자가 소문의 유랑 엘프이리라.

놀랄 일은 하늘에 있었다.

늦겨울의 건조한 창공.

그것을 가득 메운 무수한 새 떼.

100마리, 200마리, 아니, 1000마리도 될 것 같았다. 철새처럼도 보였지만, 딱 봐도 정상적인 상황은 아니었다.

강이 넘실거리듯 대담하게, 여인의 손가락처럼 섬세하게— 모든 새가 한 마리도 빠짐없이 통솔되고 있었다.

마치 정연하게 행진하는 군대 같았다.

혹은 아름답게 합주하는 오케스트라 같았다.

"우측~! 좀 더 넓게 포위해! 중앙은 반대로 너무 나갔어! 약간 물러나서 지 군을 약 올리자!"

그것을 지휘하는 것이 열 살도 채 되지 않은 소녀이니 더더욱 동화 같았다.

그리고 하늘을 나는 새들의 중심에 또 다른 경악할 광경이 있었다.

소년이었다.

한 소년이 전방위에서 해일처럼 밀어닥치는 새들을 모조리 피하고 있었다.

날개조차 없는 몸으로, 마치 보이지 않는 발판이 있는 것처럼 허공을 차며 하늘을 종횡무진 날아다녔다.

"……세상에……."

무시무시한 수의 새들을 남김없이 완벽하게 제어하는 소녀.

새들의 공격을 전부 피하고 있는 소년.

필리네 포스포드.

그리고 잭 리버.

소문보다 훨씬 대단한 실력이었다.

이 두 사람은 올해 겨우 아홉 살이 된다고 했다.

그 나이에 이 정도로 실력을 기른 것은 의심할 여지도 없이 스승의 교육 덕택이었다.

흥분했는지 스카우트가 몸을 떨었다.

"……리버 경. 아까 드린 제안을 정정하고 싶습니다."

"호오. 어떻게 말입니까?"

"잭 군이 2급 시험을 볼 수 있도록 학원에 말하겠습니다. 저의 목을 걸고서라도 학원장님의 승인을 얻어 내겠습니다. ―그리고 저 친구를."

그렇게 말하고 스카우트는 엘프 소녀를 보았다.

"저 친구를 꼭 저희 학원에 교사로 맞이하고 싶습니다. 단기간이어도 괜찮습니다. 아무쪼록 말을 보태 주실 수 있을까요."

"알겠습니다."

그 말을 기다렸던 것처럼 칼럼은 흔쾌히 고개를 끄덕였다.

칼럼과 스카우트는 서로 미소 지으며 단단히 악수를 나눴다.

◆

"학원에서 스카우트가?!"

오늘의 수행을 끝내고 아빠에게 이야기를 들은 나는 무심코 외치며 몸을 쭉 내밀고 말았다.

응접실 소파에 앉은 아빠가 미소 지으며 말했다.

"그래. 올봄부터 다니게 될 거야. 2급 수험 허가를 받아 내겠다고 약속받았어."

"호오……."

"어머."

옆에서 이야기를 듣던 라켈이 감탄했고, 엄마는 손으로 입을 가렸다.

필 혼자만 고개를 갸웃했다.

"2급 수험? 이란 게 뭐야? 대단한 거야?"

"2급 시험을 볼 수 있는 신입생은 몇 년에 한 명밖에 없다고 들었어."

"네. 제가 알기로도 2급 수험생은 최근 몇 년간 나오지 않았어요. 그렇죠? 여보."

"맞아. 2급 시험을 보는 것만으로도 큰 주목을 받을 거야."

부모님의 말을 듣고 라켈이 조금 의아한 표정을 지었다.

"두 분은 학원에 다닌 적이 있나요……?"

"아뇨, 저는 시골 출신이라서요. 하지만 칼럼은 학원을 확실하게 졸업했어요."

"나는 열등생이었어. 졸업도 겨우 했지. 아버지한테 자주 혼났어."

아빠는 어깨를 으쓱이고 자조적으로 말했다.

겸손하게 말했지만, 정령술 학원을 무사히 졸업할 수 있는 것은 극소수라고 들었다. 겨우 졸업했더라도 충분히 대단한 일이었다.

어떻게 졸업했는지는 물어봐도 안 가르쳐 주지만.

부모님은 자신이 어떤 정령술을 쓰는지조차 내게 말해 주지 않았다.

“어쨌든 그렇게 됐는데. 잭, 상관없지?”

“네!”

학원에 입학하기 위해 줄곧 라켈의 스파르타 훈련을 견뎠다. 싫을 리가 없다.

……하지만 한 명, 불만스러워 보이는 녀석이 있었다.

“……필?”

“부우~.”

“왜 그렇게 알기 쉽게 삐졌어?”

“그야…… 지 군이랑 떨어져 지내게 되니까.”

……아아, 그런가.

학원은 전 기숙사제— 나는 봄부터 왕도에서 살게 된다.

지금처럼 온종일 필과 함께 있을 수는 없다.

“하하. 걱정하지 않아도 돼.”

서글프게 여기고 있으니 아빠가 쓴웃음을 지으며 말했다.

“포스포드 씨한테 또 듣겠지만, 필리네 양도 학원에 스카우트됐어.”

“흐에?”

“잭과 같은 전투과가 아니라 첩보과 스카우트라고 들었지만 아예 떨어져 지내지는 않겠지.”

부우우~
부우우~

「흐에~?」하고 이해하지 못한 모습이었기에 나는 필의 어깨를 가볍게 두드리고 말했다.

"나랑 같이 왕도에 갈 수 있다는 거야."

"정말?!"

"정말, 정말."

"앗싸~!!"

필이 갑자기 안겨 들었으나 익숙한 일이었기에 가볍게 받았다.

뭐, 필의 실력을 생각하면 당연한 일이다. 스카우트의 직접적인 이유인 것 같은『진홍의 고양이』사건도 필이 없었다면 도저히 해결할 수 없었다.

다만…… 헤어질 수밖에 없는 사람이 한 명 있었다.

"……그럼 제 역할은 끝……이군요."

라켈이 감정을 알 수 없는 목소리로 말했다.

나와 필이 학원에 입학하면 라켈이 이 집에 체재할 이유도 없어진다.

1년 반 동안 함께 지낸 라켈이…….

"그거 말인데."

다시 서글퍼지려고 했지만, 그런 내 정신을 아빠의 목소리가 깨웠다.

"스카우트가…… 라켈 씨를 학원의 교사로 꼭 초빙하고 싶다더군."

"네?"

드물게도 라켈이 눈을 깜빡였다.

"저를 교사로……?"

"그래. 아까 수행을 견학하고 말이지."

"하지만 저는…… 일단 정령술사 길드에 등록은 되어 있지만, 어느 문하에도 들어가지 않은 무소속인데……."

"그 부분은 어떻게든 하겠지. 그 정도의 열의였어. 단기간이어도 상관없다고 하던데, 어때?"

라켈은 당혹스러운 모습이었다.

정령술 학원의 교사라면 왕국에서도 엘리트 중의 엘리트다.

그도 그럴 것이 학원의 학생은 대부분이 귀족 자제다. 어디서 굴러먹었는지 모를 인간에게 자기 자식을 맡길 귀족은 없다.

그래서 라켈은 떠돌이인 자신이 교사가 될 수는 없다고 생각하고 있을 것이다.

"괜찮지 않아? 스승님."

나는 고되게 훈련시킨 스승을 올려다보고 말했다.

라켈이 살짝 놀라서 나를 내려다보았다.

"정령술을 수집하려고 여행하는 거잖아? 그러면 학원은 딱 좋은 장소일 것 같은데."

"그건, 그렇지만……."

"스승님은 같이 안 가~?!"

필이 대놓고 아쉬워하며 로브 자락을 당기자 라켈은 곤란한 표정을 지었다.

"……솔직히, 학원에는, 조금 접근하기 어려운 이유가 있지만……."

라켈은 필의 머리를 살며시 쓰다듬더니 표정을 다잡고 다시 아빠를 보았다.

"알겠어요. 잭과 필의 재학 기간 한정이어도 괜찮다면 교사 제안을 받아들이겠어요."

"그래. 학원 측에는 그렇게 전하지."

「와아~!」 하고 필이 두 손을 번쩍 들며 기뻐했고, 라켈은 살포시 미소 지었다.

봄부터 시작될 새로운 생활도 결국 셋이 함께인가.

그렇게 생각하니 봄이 오는 게 기다려졌다.

—하지만 한 가지 걱정거리가 있었다.

1년 전에 싸웠던 『진홍의 고양이』의 여두목 비키— 그 녀석이 했던 말이 줄곧 마음에 걸렸다.

—새벽에는 『그녀』한테 넘겨야 하거든.

『그녀』.

비키는 우리를 왕도의 귀족에게 팔아넘길 거라고 했었다.

『그녀』는 그걸 중개하는 중개인 같은 사람이리라.

하지만 정말 그게 다라면 그때 무심코 말하지 않았을 테고, 『그녀』라고 부르지도 않을 것 같다.

그 호칭에는 뭔가 강력한 압력 같은 것이 있었다…….

그리고 또 하나, 그 녀석의 발언에서 신경 쓰이는 부분이 있었다.

—역시 귀족집 자식이야. 비싸게 팔리겠어.

그 녀석은 내가 귀족이라는 것을 처음부터 알고 있었다.

그래서 나는 속으로 줄곧 의심하고 있었다.

비키는 우리를 노리고 납치한 게 아닐까?

그래…… 『그녀』에게 명령받아서.

게다가 『진홍의 고양이』의 그 결말. 도저히 이해할 수 없는 집단 자살— 스스로 자기 자신을 토막 낸 비키의 시체.

그게 만약 자연적인 일이 아니라 누군가가 조종한 것이라면— 예를 들어 자신과 관련된 증거를 철저히 은폐하기 위한 일이었다면?

……우리를 노리고 있는 녀석이 있을지도 모른다.

괜한 노파심이더라도 확인하지 않을 수 없었다.

지금의 생활을— 행복을, 누구에게도 빼앗기지 않도록.

왕도에 가면 『그녀』라는 녀석의 정보가 손에 들어올지도 모른다.

그리고 만약 나나 내 주변 사람을 해치려는 녀석이 있다면—.

—한 명도 남김없이 밟아 주겠다.

염원하던 학원 입학에 마음이 들뜨는 가운데, 나는 속으로 남몰래 차가운 결의를 다졌다.

그저 하는 것만으로는 누구도 칭찬해 주지 않는 세계

이른바 대륙 열강 삼국— 악신을 봉인한 4용사의 후예들이 다스린다는 3대 국가는 각각 특기 분야가 다르다.

로우 왕국은 군사.

센리 공화국은 기술과 의료.

그리고 우리가 사는 라에스 왕국은 정령술과 문화다.

라에스 왕국은 땅이 비옥해서 어지간해서는 먹을 것이 부족하지 않은 환경이었다. 그렇게 생긴 여유가 예술 등의 문화를 형성하는 원동력이 되었다.

그리고 무엇보다, 비옥한 땅은 사람을 모은다. 사람이 모이면 다양한 정령이 모인다. 많은 정령이 모일수록 많은 것이 정령술을 중심으로 돌아가게 되고, 사람들은 정령과 그 힘을 행사하는 자를 공경하며 신앙하게 된다.

라에스 왕국, 왕도 레이나디아.

대륙 전토에서 신앙하는 일대 종교, 지륜교(指輪教)의 총본산이다.

거리는 정연하고 청결했다. 교황이 사는 성(聖) 노모라스 대영배당(大靈拜堂)과 국왕이 사는 레이나디아성을 중심으로 티끌 하나 없는 하얀 거리가 펼쳐져 있었다.

바로 옆에는 대륙 최대의 저수량을 자랑하는 레이나드

호수가 있어서, 먼 옛날에 정비되었다는 수도를 통해 주변 마을에 물을 공급했다. 그래서 레이나디아에서는 평범한 길 옆에 인공 개울이 있을 정도였다.

"흐아~! 사람이 잔뜩 있어~!"

"오오……!"

흥분한 기색으로 마차 창문에 붙어 있는 필 뒤에서 나는 몰래 감탄했다.

—거리를 오가는 많은 사람, 마차, 목소리.

—줄지어 있는 상점에 진열된 처음 보는 물건들.

그런 것은 시작에 불과했다.

코끼리와 소를 융합시킨 것 같은 동물이 별안간 창밖에 지나갔다.

비누사였다.

코끼리염소라고도 부르는데, 말보다 발이 느리지만 지구력이 좋고, 환경 변화나 하중도 잘 견뎌서 주로 하역에 쓰인다고 책으로 배웠다.

비누사는 짐수레를 끌고 있었고, 마부석에는 키가 보통 인간의 반절밖에 안 되는 남자가 앉아 있었다.

하플링이었다.

대륙 북부에 많이 사는 인종으로, 공통적으로 키가 작고, 손재주가 좋고, 목가적인 생활을 좋아한다고 책으로 배웠다.

또 그 밖에도 채소 가게 아저씨의 팔에는 용인족의 후예라는 증거인 비늘이 있었고, 방금 커다란 자루를 짊어지고 걸어간 사람은 드워프다. —아! 엘프다! 엘프가 있다! 라켈 말고는 처음 봤다……. 역시 다들 엄청난 미인이네…….

지륜교는 겉모습이 어찌 되었든 지성을 가진 자에게는 우열을 두지 않는다. 정령의 가호 아래 있다는 점은 똑같기 때문이다.

그래서 레이나디아는 대륙 전체에서 다양한 인종이 모이는 일대 교역 도시이기도 했다.

이 거리를 보면 현대 일본을 안다는 점이 하잘것없이 여겨진다.

도쿄는 거의 다 황인종이잖아!!

그것 가지고 도시인 행세라니 가소로운 이야기다.

나, 필, 라켈, 그리고 우리 부모님과 포스포드 씨까지 여섯 명을 태운 마차는 자동차 여섯 대가 나란히 달릴 수 있을 듯한 중심가를 나아갔다.

이 마차는 정령술 학원에서 준비해 준 것인데, 측면에는 정령술사 길드 소유임을 나타내는 엠블럼이 있었다. 똑같은 엠블럼이 있는 마차가 이윽고 몇 대나 옆에 늘어서기 시작했다.

목적지는 모두 같았다.

“문을 지난다.”

아빠가 말함과 동시에 마차가 커다란 문을 지났다.

나와 필은 나란히 창문으로 얼굴을 내밀었다.

뒤돌아보니 적갈색 벽돌로 쌓은 큰 벽이 완만한 커브를 그리며 좌우로 쭉 뻗어 있었다. 정령술 학원의 부지를 에워싸는 벽이었다. 어마어마하게 장대하여 대체 어디까지 이어져 있을지 짐작도 가지 않았다.

수많은 젊은 남녀가 돌바닥이 깔린 길을 오가고 있었다. 모두 같은 복장— 학원의 교복을 입고 있었다. 놀랍도록 현대적인 디자인이었다. 평민이 입는 삼베옷보다 훨씬 복잡했다. 그것만 봐도 라에스 왕국과 정령술 학원의 높은 문화력을 엿볼 수 있었다.

그리고 전방을 보니 큰 건물이 있었다.

거대한 체육관을 신전처럼 장식했다고 해야 할까. 햇빛을 받아 백악의 위용을 뽐내는 그 건물은 교복 입은 아이들과 호사스러운 차림의 어른들을 마치 콩알처럼 빨아들였다.

그곳이 우리의 목적지.

왕립 정령술 학원의 시설 중 하나— 『투술장(鬪術場)』이었다.

투술장의 로비에는 몇백 명쯤 되는 사람이 있었다.

그중 절반은 내 또래의 아이였다. 나나 필과 같은 학원의 신입생이 틀림없었다. 오늘 이곳에서 정령술 학원의 입학 실력 시험이 이루어지니까.

"흐아~ 이렇게나 많구나~!"

"그러게…… 솔직히 더 적을 줄 알았어."

추천이나 스카우트로만 입학할 수 있는 초엘리트 학교니 말이지…….

"대부분은 일문의 스승으로부터 추천장을 쟁취하여 입학한 아이들이야. 너희처럼 스카우트로 입학하는 쪽은 소수파야."

라켈이 말했다.

정령술사 중에는 자신의 이름을 단 간판을 걸고서 문하생을 모아 육성하는 이른바 『정령술 도장』을 운영하는 사람이 많았다. 실은 나도 라켈과 만나기 전에 딱 한 번 그런 곳에 입문한 적이 있었는데…… 라켈 때와 비슷한 일을 했더니 즉각 못 가르치겠다는 말을 들었다. 이야, 내가 생각하기에도 그때는 좀 잘난 척을 해 댔지.

"어? 그럼 나랑 지 군은 꽤 대단해?"

"……그럴지도? 어쩌면? 뭐, 라켈의 빡센 수행을 생각하면 다소간은 대단해야 정상이라고 할까—."

"우쭐대지 마."

"아윽!", "아야!"
나와 필은 나란히 스승의 촙을 맞았다.
라켈은 (풍만한 가슴을 받치듯) 팔짱을 끼고서, 머리를 부여잡은 나와 필을 응시했다.
"너희에게는 재능이 있어. 그건 1년 반 동안 너희를 단련한 내가 보증해. ―하지만."
라켈은 로비에 북적거리는 신입생들을 보았다.
"여기 있는 아이들도 마찬가지로 소질을 인정받고, 노력하여, 좁은 문을 통과했어. ……알겠어? 여기서는 재능이 있는 건 당연한 거야. 노력하는 건 당연한 거야. 너희는 오늘부터 그런 세계에서 냉엄하게 경쟁하고 이겨 나가야 해. ―그저 **하는** 것만으로는 이제 누구도 칭찬해 주지 않아."
조금 풀어져 있었던 기분이 단숨에 날아갔다.
그래. 어떤 세계든 그렇다. 어릴 때는 그저 노력만 해도 칭찬받는다. 하지만 노력이 당연한 세계에 한 걸음이라도 발을 들이면…… 요구되는 것은 결과다.
"라켈 씨. 나도 한마디 해도 될까? 이 학원의 졸업생으로서."
"……네."
아빠가 라켈과 교대하여 나와 필 앞에 섰다.
"뭐, 대강 라켈 씨가 말한 대로야. 이 학원은 만만한 곳이 아니야. **천재인 것만으로는** 헤쳐 나갈 수 없어. 그런 세계에서 살아남으려면 재능이나 노력 같은 당연한 것 말고 필요한 게 있지……."

아빠는 말을 끊고 나와 필의 얼굴을 보았다.

"전에도 말한 적이 있을지도 모르는데, 나는 이곳에서 낙오자였어. 그랬던 내가 어떻게 어찌어찌 졸업은 할 수 있었을까?"

나와 필은 질문을 받고 마주 보았다.

먼저 필이 고개를 갸웃하며 대답했다.

"운이 좋아서?"

"하하하! 그것도 중요하지. 그래, 나는 운이 좋았어. 그것도 사실이야. 하지만 운 말고 하나 더 있어. ……잭, 뭐일 것 같니?"

나는 잠시 생각하고 말했다.

"……마음. 좌절하지 않고…… 포기하지 않았으니까."

내 대답을 듣고 아빠는 크게 고개를 끄덕였다. 하지만.

"아깝네."

"아까워요……?"

"확실히 나는 포기하지 않았어. 하지만 동시에 포기했어."

""……????""

나와 필의 머리 위에 물음표가 난무했다.

"나는 졸업을 포기하지 않았어. 정령술사가 되어서 단순한 금수저가 아니라 능력 있는 인간이 되는 것을 포기하지 않았어. 그래서— 그것 말고는 전부 포기했어."

전부.

그 한마디는 지금까지 들었던 아빠의 어떤 말보다도 무거운 울림을 지니고 있었다.

"내 재능이 남들보다 뛰어나다는 환상, 하면 잘한다는 변명, 전부 버렸어. 자신의 부족한 점을 받아들이고, 내가 할 수 있는 일, 못 하는 일, 가진 것, 모자란 것, 내 안에 있는 모든 것을 정확하게 추려 냈어."

그건— 너무나도 무서운 결단이다.

나라는 존재의 가능성을 스스로 선별한다니…….

그 과정에서, 여차하면 매달릴 수 있었을지도 모를 희망을, 도주로가 될 수 있었을지도 모를 변명을, 대체 얼마나 잘라 버렸을까…….

끝내 아무것도 안 남을지도 모른다는 공포와 얼마나 마주했을까.

"알겠어? 잭, 필리네 양. 자신에게 부족한 게 무엇인지 알도록 해. **하지만 그걸 헤아리지는 마**. 가진 것이 아니라 부족한 것만을 헤아리게 되면 순식간에 짓눌려서 부서져 버려. 적나라하게 말하자면 그냥 콱 죽고 싶어져."

죽음. 피비린내 나는 캄캄한 방이 뇌리를 스쳤다.

"그런 탓에 나보다 훨씬 뛰어난 재능을 가졌으면서도 학원을 떠난 녀석이 몇 명이나 있어……. 그 녀석들은 그 후로 그런대로 행복하게 잘 살고 있지만 말이지. 그래도 한번 헤아린 자신의 부족함은 절대 자신 안에서 사라지지 않아…….”

곱씹듯 그렇게 읊조리는 아빠에게 라켈이 조심스레 말했다.

“이제 입학하려는 두 사람에게 말하기엔 역시 너무 혹독한 얘기 아닐까요…….”

“입학하면 늦든 빠르든 알게 될 일이야. 그리고 이렇게 부모가 잔소리하듯 말해도 당장은 실감하지 못하겠지. 나도 그랬으니까. ……그때가 와서 자승자박에 빠지기 전에 『그러고 보니 그런 얘기를 들었지』 하고 떠올리라고 지금 이렇게 얘기하는 거야.”

그리고, 하며 말을 이은 아빠는 이를 보이며 웃었다.

“잭과 필리네 양이라면 설령 벽에 부딪치더라도 반드시 뛰어넘어서 엄청난 곳까지 갈 거야. 어쨌든 내 아들과 내 아들이 반한 아이니까.”

“잠깐, 아빠!”

난데없이 무슨 소리야!

으헤헤~ 하고 필이 기쁘게 웃으며 내 팔을 껴안았다.

“너도 때와 장소를 가려!”

“어? 아무도 없는 곳에서는 괜찮다는 거야?”

“그……! 아, 아무튼! 떨 · 어 · 져~!!”

“싫 · 어~!”

필사적으로 필을 떼어 내려는 나를 보고 부모님들과 라켈이 흐뭇하게 웃었다.

맙소사……. 어른들의 장난감이 되어 버렸다.

최근 정신 연령이 점점 육체 연령에 가까워지고 있는 것 같단 말이지.

"그럼 잭, 필. 나는 수속을 밟으러 갔다 올게."

"우리도 인사하러 다녀야 해. 너희는 탈의실에서 옷을 갈아입고 와."

함께 데려온 사용인이 나와 필에게 갈아입을 옷을 줬다.

지금은 격식 차린 예복을 입고 있지만, 시험을 볼 때는 더 움직이기 쉬운 옷을 입어야 했다. 시험이 끝나면 학원에서 교복을 지급한다.

"길 잃지 않게 조심해. 주변에 지도가 많이 있겠지만."

"알았어, 스승님. 걱정하지 않아도 길 안 잃어버려. 그렇게 어린애 취급하지 않아도 돼."

"그래……."

그런고로 나와 필은 어른들과 헤어져 단둘이 되었다.

"지 군."

"왜?"

"때와 장소를 가리면 되는 거지?"

"이제 그건 됐어! 얼른 가자!"

"치이~."

불만스러워하는 필을 질질 끌고서 나는 신입생용 탈의실로 향했다.

"……."

"……."

길을 잃었습니다.

"지 군……."

"자, 잠깐만, 필. 그렇게 유감스럽다는 눈으로 보지 마."

나는 벽에 걸린 석판에 새겨진 투술장 지도를 노려보았다.

……모르겠어……. 길이 너무 복잡하잖아.

"아마 저쪽으로 가면 될 것 같은데……."

"아! 그래. 그냥 지 군의 정령술로 날아가자. 방향은 아는 거잖아?"

으음…… 이대로 헤매는 사이에 시험이 끝나는 것보다는 낫나……?

"어쩔 수 없지……."

"결정됐네! 저기, 저쪽 창문이 열려 있어. 레츠 고!!"

필이 안겨 들었다. 대의명분을 얻었다는 얼굴이었다.

투술장이라고 뭉뚱그려서 말하지만, 정확히 말하면 이곳은 제1투술장이었다. 학원에 있는 여러 투술장 중에서도 가장 큰 곳이라고 했다. 그래서 그런지 이곳저곳에 뻥 뚫린 중정이 있었고, 아까부터 그것들이 앞길을 막고 있었다. 그러니 이 중정을 날아서 질러가면 목적지에 도달하기는 쉽다.

나는 필이 가리킨 중정 건너편을 보았다. 2층에 열려 있는 창문이 있었다. 지도를 보건대 딱히 아무것도 없는 방이었다. 저기까지 가면 어떻게든 될 것 같았다.

"꽉 잡아."

"응!"

나는 필을 안고서 【자립의 투익】을 사용해 그 창문으로 점프했다.

무사히 도착하여 창틀에 발을 올렸고—.

"어?"

""어?""

거기서 함께 눈이 휘둥그레졌다.

나와 필과— 방에 있던 속옷 차림의 여자아이가.

……어어.

방에서 옷을 갈아입는 중이었던 것 같은 빨간 머리 여자아이는 우리 또래였다. 즉, 아홉 살 정도일 테지만, 필에 비해 허리와 엉덩이에 여성적인 굴곡이 있었고, 가슴도 귀엽게 봉긋했다. 마침 개인차가 나기 시작할 시기지. 하지만 라켈의 범죄적인 몸을 본 적이 있는 나를 현혹할 정도는 아니었다. 목숨 건졌구나.

"—꺄아아아아아아아아아아아아아아아아아아아아아아아아아아아아아아아아아아아아아아아악!!!!"

그런 말을 하고 있을 때가 아니었다.

빨간 머리 여자아이가 초음파 같은 비명을 질렀고—.

동시에 우리의 코앞으로 새빨간 불덩이가 날아왔다!

"으악?!", "꺅~!!"

우리도 비명을 지르며 몸을 젖히면서 창틀에서 떨어졌다.

"아! 미안해요!"

직후, 그런 걱정 어린 목소리가 들려오더니 아까 그 빨간 머리 여자아이가 커튼으로 몸을 가리며 창문으로 얼굴을 내밀었다.

"괜찮—."

당연히 괜찮았다.

우리는 창문 바로 아래에 둥실둥실 떠 있었다.

하지만 그 탓에 나는 그 여자아이와 눈이 딱 마주치고 말았다.

"아……."

쓴웃음이라는 표정이 이토록 딱 맞는 상황도 없었다.

침묵을 견딜 수 없었다. 하지만 그렇다고 무슨 말을 하면 좋을지도 알 수 없어서 나는 하지 않아도 될 말을 해 버렸다.

"귀…… 귀여운 속옷이네."

여자아이의 얼굴이 단숨에 머리카락과 똑같은 색으로 물들었다.

그리고 당연한 귀결로서 재차 비명과 시뻘건 불꽃이 작렬했다.

"그야 창문을 활짝 열어 두고서 옷을 갈아입은 나도 잘못했지만! 그건 인정하지만! 정령술을 사용하면서까지 창문으로 들어오는 너희도 상식이 없지 않아?!"

화재가 발생하기 직전에 자신의 호위 기사에게 붙들린 빨간 머리 여자아이는 제대로 옷 — 쨍한 색감의 진홍색 드레스였다 — 을 입은 후, 나와 필에게 버럭 화를 내기 시작했다.

"평범하고 멀쩡한 신경을 가지고 있다면! 날아서 2층 창문으로 들어가자는 생각은 하지도 않을 거야! 창문을 열어 둔 건 내 잘못이지만! 그건 내가 잘못했지만!"

이 아이, 엄청나게 잘못을 인정하네. 화내면서.

아무튼 나도 할 말은 있었다.

"아무것도 없는 방인 줄 알았어. 여기는 탈의실이 아니잖아? 왜 이런 데서 옷을 갈아입고 있었어?"

"그야, 당연하잖아!"

"뭐가 당연해?"

"다른 사람과 같은 방에서 옷을 갈아입다니, 어떻게 그래!"

하아⋯⋯ 그러십니까.

"그래서 안 쓰는 방을 빌리고 문에 기사를 세워 뒀는데! 설마 창문으로 들어올 줄이야! 맹점이었어. 앞으로는 조심해야겠어!"

순순히 반성할 줄 아는 아이였다. 사고방식은 완벽하게 안하무인 아가씨인데.

"어어⋯⋯ 아무튼 옷 갈아입는 중에 창문으로 들어와서 미안."

"미안~!"

필이 전혀 사과할 마음이 없어 보이는 모습으로 말했지만, 놀랍게도 여자아이는 너그러이 고개를 끄덕였다.

"이번에는 용서해 줄게. 나한테도 잘못이 있었으니까."

엄청나게 잘못을 인정하네⋯⋯. 굳이 따지자면 우리가 잘못한 것 같은데⋯⋯.

여자아이는 강렬한 빨간 머리를 오른손으로 휙 넘기고서 고압적으로 가슴을 폈다.

"소개가 늦었네. 나는 오스틴 후작가의 차녀, 아젤레아 오스틴. 너희도 보아하니 신입생 같은데?"

"맞아. 나는 잭 리버. 리버 백작가의 적장자야."

"리버 백작? 아아⋯⋯ 그러고 보니 다임쿠르드라는 시골의 영주가 그런 이름이었지."

오, 싸우자는 건가?

"시골 좋지. 나무도 많고. 다임쿠르드는 정치도 안정적이고 곡식도 많이 수확되는 좋은 토지라고 들었어. 좋은 아버지를 뒀네."

칭찬이었냐.

"그쪽은 동생이야?"

그렇게 말하며 여자아이— 아젤레아가 필을 보자 필은 나를 꽉 껴안았다.

"필리네 포스포드예요! 지 군의 아내예요!"

"뭐?", "어?"

얘는 뭘 선언하는 거지.

"어…… 으음……."

거봐, 아젤레아 씨가 곤란해하잖아!

"약혼자……라는 거야?"

"아니요! 아내예요!"

고집스럽게 주장한 필은 나를 껴안은 채 영역 다툼을 벌이는 길고양이 같은 눈으로 아젤레아를 노려보았다.

"너, 뭘 경계하는 거야."

"이 아이는 적이에요. 냄새로 알 수 있어요. 여자의 감이에요."

여자의 감이라기보다 야생의 감 같은 느낌인데, 딱 봤을 때.

"어어…… 사, 사귀는 사이라는 거야?"

필의 엉뚱한 행동을 아젤레아는 열심히 참작하려고 했다. 착한 아이야…….

"맞아요! 지 군은 제 거고, 저는 지 군 거예요! 그래서 이것저것 할 것도 다 하고 있어요!"

"다……?!"

아젤레아의 얼굴이 새빨갛게 물들었다. ……아가씨, 무슨 뜻인지 아는 거야?

"이, 이것저것…… 그런, 설마…… 아직 어린데…… 그렇게 대단한 일은……."

"이따금 뽀뽀해요!"

"뽀뽀……?!"

필리네 씨, 잠깐 입 좀 다물기로 해요. 나는 필의 입을 손으로 막았다.

"읍읍읍~!!"

"필, 너 오늘 너무 과해."

서방님은 전혀 좇아가질 못하겠어요.

"아, 아아……! 저질……! 저질이야……! 그렇게 강제로……! 분명 평소에는 손이 아니라 입으로……!!"

이제 전체적으로 좇아가질 못하겠다, 조숙한 꼬맹이들아.

필의 입과 아젤레아의 머릿속이 다소나마 진정될 때까지 조금 시간이 필요했다.

"……흉한 모습을 보였네."

아젤레아가 아직 조금 발그레한 얼굴로 헛기침하여 분위기를 환기했다.

"내밀한 사정을 물어본 나도 잘못했지만, 너희도 그래! 그럼 안 되지! 아직 어린데 뽀— 라니! 불결해!"

"뭔가 죄송합니다."

"어떤 교육을 받은 거야? 너희, 어떤 분의 문하생이니?"

"그건…… 스승이 누구인지 묻는 거야?"

"그래. 참고로 나는 대전 때 『염신(炎神)』이라고 불린 영웅, 브렌던 머스그레이브 님이 연 염신천조류(炎神天照流)의 문하생이야!"

묻지도 않았는데 아주 의기양양하게 설명해 준 아젤레아에게는 미안한 일이지만, 안타깝게도 나는 세상일에 밝지 않아서 그런 멋있는 이름의 유파가 있다는 것 자체를 몰랐다.

브렌던 머스그레이브라는 이름은 얼핏 들은 적이 있으려나? 그렇다면 정말로 전통 있는 일문의 문하생인 모양이다.

나는 필과 마주 보았다.

뭐, 스승의 이름이 궁금하다는데 말해 주자. 딱히 함구령을 내리지도 않았고.

"우리 스승님의 이름은 라켈이야. 여기 있는 필도 같은 제자야."

"라켈?"

아젤레아가 고개를 갸웃했다.

"그런 술사는 처음 듣는데. 미등록 술사인가?"

"일단 정령술사 길드에는 등록되어 있다고 했어. 별로 들르지는 않는 것 같지만."

"흐응. 그럼 너희는 그 라켈이라는 술사에게 정령술을 배우고, 다른 선생님에게 명의만 빌려서 입학한 거야? 그 방식을 부정하지는 않겠지만, 실력도 없이 이 학원에 입학하면 후회할 거야."

말투는 도발적이었지만, 내 귀에 그건 진지한 충고로 들렸다.

그러나 필은 뾰로통한 모습이 되었다. 진정하시오.

"이 학원에는 전국에서 유망한 정령술사 지망생이 모여. 그건 절대 『남들보다 조금 잘난』 수준이 아니야. 항간을 떠들썩하게 한 『진홍의 고양이』라는 도적단이 고작 어린아이 두 명에게 괴멸됐다는 얘기는 알려나?"

오?

"그 아이들도 올해 스카우트되어서 입학한대. 어떤 애들일까. 꼭 한 번 만나서 얘기해 보고 싶어!"

「그거―」 하고 간단히 밝히려고 한 필의 입을 다시 막았다.

뭔가 귀찮아질 것 같으니까 입 다물고 있는 게 낫다.

"그리고……."

아젤레아의 목소리 톤이 갑자기 내려가더니 표정도 조금 진지해졌다.

"올해는 그 『천재 왕자』가 드디어 입학한다는 모양이야……."

"『천재 왕자』……?"

고개를 갸웃하자 아젤레아는 놀란 표정을 지었다.

"몰라? 왕족이 시작된 이래 최고의 신동이라고 불리는 윈저 가문의 3왕자 말이야! 이미 정령술사로서 실전에 나가 많은 성과를 올리고 있대."

왕족이 시작된 이래 최고의 신동인가.

다임쿠르드는 왕도와 꽤 떨어져 있어서 그런 정보는 잘 들어오지 않는단 말이지……. 라켈의 수행을 쫓아가는 것만으로도 벅찼고.

"후후…… 좀이 쑤셔. 알맞은 경쟁 상대가 있어야 비로소 내 재능이 빛나는 법이지."

아주 자신감 넘치는 아가씨 같았다. 혼자 멋대로 투지를 불태우고 있었다.

"뭐, 너희도 힘내렴. 이것도 인연이고, 최소한 6급에는 합격하길 기도해 줄게. 다만 다치지 않게 조심해! 그럼 이만!"

고압적인 건지 상냥한 건지 알 수 없는 말을 남기고서 아젤레아 오스틴은 호위 기사와 함께 떠났다. 결국 거의 저 녀석 혼자 떠들었네…….

아젤레아의 화려한 빨간 머리가 안 보이게 되자 마침내 필이 코멘트했다.

"제멋대로인 아이야!"

나는 그 말을 침묵으로 넘겼다.

동족 혐오라는 걸까?

신동들

옷을 다 갈아입자 시험 개시 시각이 바싹 다가와 있었다.

나와 필은 서둘러 수험생 대기 공간으로 가서 라켈과 합류했다.

우리 부모님과 포스포드 씨는 이미 시험장인 메인 홀의 관객석으로 갔다고 했다.

이 나라에서 정령술사의 실력은 그대로 귀족의 명성과 직결했다.

그렇기에 학원에 입학하는 것은 대부분 귀족과 거상의 자녀— 요컨대 부잣집 아들딸들이었다. 나와 필도 그렇고.

그래서 정령술 학원의 입학 실력 시험— 특히 전투과의 급수 배정 시험은 각 집안이 차세대의 재능을 다른 가문에 보여 주기 위한 자리도 되었다.

아마 많은 아이에게 이 시험은 홀로 가문의 이름을 짊어지는 첫 기회일 것이다. 대충 둘러봤을 뿐인데도 긴장해서 뻣뻣하게 굳어 있는 아이가 여럿 보였다.

그 긴장을 스승이나 같은 일문의 선배가 꾸준히 풀어 주려고 하는 광경이 여기저기서 펼쳐지고 있었다.

아까 아젤레아와 그런 일을 치른 덕분인지 나는 별로 긴장이 안 되었다. 필은 말할 것도 없었다. 하지만 남들 눈에는 나와 필과 라켈도 다른 이들과 비슷한 모습으로 보일 것이다.

"전투과의 시험은 수험생이 시험을 치르는 급수와 똑같은 급수를 가진 재학생과의 모의전이야. 즉, 잭은 2급 재학생과 싸우게 돼."

라켈이 확인하듯 말해서 나는 고개를 끄덕였다.

"2급이면 실제로 얼마나 세?"

"음……."

라켈은 고개를 기울이고 잠시 생각했다.

"……작년에 네가 싸웠던 『진홍의 고양이』의 두령, 기억나?"

"응."

물론이다. 조금만 일이 잘못됐어도 나는 그 녀석한테 죽었을 테니까…….

"네 얘기를 들어 봤을 때…… 그 녀석은 정령술사로서 대충 4급 정도의 실력일 거야."

뭐? ……4급? 그 비키가……?!

"그 외 도적으로서의 기술이나 노하우를 가미해도, 뭐…… 아마 높아 봤자 3급이겠지. 너도 처음에는 3급 수험을 조건으로 스카우트 제의를 받았다고 했고. 만약 그 두령이 소문대로 【절적의 허혈】로 자기 자신을 자유롭게 전이시킬 수 있었더라도, 그것만으로는 기껏해야 1급이 한계야. 그보다 높은 『단위(段位)』— 정령술사 길드의 정회원으로 인정받을 수 있는 최소 조건인 초단에는 못 미쳐."

재능 있는 게 당연하다.

노력하는 게 당연하다.

라켈이 했던 말이 이제야 조금씩 실감되었다.

"……그렇다면 그 녀석보다― 비키보다 강한 녀석과 싸우게 된다는 거네."

"그런 거지. ……하지만 잭. 너에게 한 가지 제약을 걸 거야."

"어?"

제약?

"네가 『본령 빙의자(루스트)』라는 걸 다른 사람들이 모르게 싸워."

뭐……?!

"설렁설렁 싸우라는 거야……?! 비키보다 강한 녀석과……?!"

"아니. 그저 제한을 두는 거야. 무심코 화신(아바타)을 꺼내지 않도록."

나는 진심으로 싸우고자 하면 무의식적으로 정령의 화신을 꺼냈다.

즉, 애초에 그럴 만한 상황을 만들지 말라는 건가…….

"그럼 이 검도―."

나는 허리에 찬 검을― 세상에서 가장 무거운 금속인 히히이로카네로 만든, 나만 쓸 수 있는 검을 보았다.

"—이『새벽의 검』도 쓰면 안 된다는 거지?"

"당연하지. 그냥 허리에 차고만 있어."

하긴, 주변에 놔뒀다가 내가 무심코 정령술을 풀기라도 하면 바닥에 구멍이 뚫릴 테니…….

"왜 그래야 해……? 수행의 일환이야?"

"잭— 네가 생각하는 것만큼 루스트라는 존재는 가볍지 않아. 루스트는 그저 존재하는 것만으로도 국력에 영향을 주는 전략적인 존재야. ……만약 들킨다면 어떤 일에 휘말릴지 몰라. 그렇게 되면 나도 얼마나 널 지켜 줄 수 있을지……."

도적에게 납치당했을 때가 떠올랐다.

라켈이 그렇게 큰 소리를 낸 것은 결국 그때 한 번뿐이었다.

이 엄격하면서도 다정한 스승에게 다시는 그런 걱정을 끼쳐선 안 된다.

다시는.

"괜찮아."

내가 불안해하는 것 같았는지 라켈은 살포시 미소 짓고서 내 어깨에 손을 올렸다.

"그 도적 소동으로부터 1년, 너는 몰라보게 강해졌어. —그 강함을 세상에 보여 주고 와."

그 눈을 나는 굳세게 마주 보았다.

"—알았어."

비키와 목숨 걸고 싸운 그때 이후로— 아니.

—무력하게 절망과 공포 속에 잠겼던 그 악몽 같은 나날 이후로.

대체 나는 얼마나 강해졌는지.

그것을— 나 자신의 눈으로도 확인해 주겠다.

"스승님, 스승님!"

방치되어 있었던 필이 손을 들어 존재를 어필했다.

"나한테는? 나한테는 뭔가 없어?"

"필은 하던 대로 하면 여유롭게 합격하겠지. 아무 걱정 안 해도 돼."

"오~ 그렇구나!"

나는 걱정된다는 거냐.

……뭐, 실제로 필의 실력이 남다르다는 건 나도 알고 있다.

첩보과의 실력 테스트를 간단히 수석으로 통과하겠지.

"그럼 다른 아이의 시험을 보러 갈까. 시험의 분위기를 알아 두는 것도 중요하니까."

나와 필은 대답하고서 라켈을 쫓아갔다.

이 투술장뿐만 아니라 정령술 학원 전역에 옛날 옛적 대정령술사가 설치했다는 결계가 쳐져 있다고 한다.

이름하여 『무혈진(無血陳)』. 모든 살상 행위를 무효화하는 결계로, 요컨대 검으로 가슴을 푹 찔러도 피가 나지 않고 다치지도 않았다. 독을 마셔도 그저 나른해지거나 몸이 마비될 뿐 죽지는 않았다.

그 대신 존재하는 것이 『영력(靈力)』이라는 개념이었다.

무혈진이 생물을 지키는 힘 = 영력에는 한계가 있어서, 그것이 고갈되면 몸이 강제로 움직임을 멈추고 영력 회복에 전념하게 되었다.

이것을 『영력 고갈(엘리멘트 아웃)』 상태라고 한다.

전투과 실력 테스트인 모의전은 대미지가 축적되어 E.O.(엘리멘트 아웃)이 되거나, 한쪽 혹은 쌍방의 항복으로 결판을 내는 것이 규칙이었다.

『제3시험장! 척 에도우즈 7단 문하, 조엘 플래너건! 수험 급수 4급!』

제1투술장 메인 홀. 그 전역에 소리 정령술【청정의 성가】를 이용한 방송이 울려 퍼지며, 네 개의 시험장(스테이지) 중 하나와 수험생의 이름, 수험 급수를 읽었다.

그러자.

“호오. 플래너건 자작의 아들내미인가.”, “4급이라니 과감하게 나왔군.”, “자신을 크게 보이려는 거지. 그 멍청이가 할 법한 짓이야.”

……등등의 험담이 여기저기서 들려왔다.

무서워. 귀족 사회 무서워.

보아하니 수험생 수가 가장 많은 것은 5급인 것 같았다. 설령 불합격하더라도 그 아래인 6급에는 들어갈 가능성이 크기 때문이리라.

참고로 6급에 불합격하면 가차 없이 준6급이라는 수습 학급에 들어간다. 들리는 소문에 의하면 준6급에 들어가게 된 아이는 90퍼센트 이상이 반년도 안 되어 자퇴해 버린다고 한다…….

그것만큼은 싫다는 생각에 6급이 아니라 그 위인 5급 시험을 보는 학생이 많은 것이다. 4급까지는 학원의 허가 없이도 자유롭게 시험을 볼 수 있으니까.

합격 여부는 단순히 모의전의 승패로 결정되는 게 아니라 그 내용을 보고 학원의 교사진이 정하는 것 같았다.

실제로 학생 대부분은 대전 상대인 재학생에게 패배했다.

그것도 당연하긴 했다. 재학생은 우리 신입생보다 훨씬 오랫동안 이 학원에서 공부했으니까.

하지만— 무슨 일이든 예외가 있었다.

『제2시험장! 호제아 버그슨 8단 문하, 루비 버그슨! 수험 급수는…… 3급!』

그런 방송이 나온 순간, 시험장이 「오오」 하고 술렁였다.

"올해 첫 3급 수험생인가! 아니, 그런데 버그슨이라

면…….", "『쓰레기 수거인 버그슨』! 질리지도 않고 또 전통 있는 학원에 쓰레기를 처넣었나!", "하지만 3급 수험을 허락받은 건 확실하지……. 실력을 보기로 할까."

쓰레기 수거인 버그슨……?

얼핏 들려온 단어에 관심이 갔다.

"버그슨 8단은 슬럼가에서 부랑아를 주워다가 문하에 들이는 걸로 유명해."

옆에서 라켈이 슬쩍 가르쳐 줬다.

"그렇게 주워 온 아이가 모두 우수한지라 핏줄과 전통을 중시하는 귀족들은 싫어하지."

그랬구나……. 뒤집어 생각하면 철저한 실력주의 일문이란 건가.

나는 제2시험장에 주목했다. 원형 스테이지 끄트머리에 학원의 교복을 입은 남자가 서 있었다. 이쪽이 시험관인 3급생일 것이다.

그리고 맞은편에는—.

소녀였다.

나나 필과 비슷한 나이로 보였다. 아홉 살이나 열 살 정도. 밝은 갈색 머리 위에 큼직한 베레모를 쓰고 있었다.

그것 외에는 몹시도 단출한 차림이었다.

다른 신입생이 운동성을 중시하면서도 품격을 잃지 않는 차림을 한 것에 비해 소녀는 근처에서 주워 온 듯한 조잡

한 천을 가슴에 감고 너덜너덜한 반바지를 입었을 뿐인 남루한 복장이었다.

『슬럼가 출신인데 뭐 어쩌라고』라고 말하는 듯한 강렬한 자기주장— 그 당당한 남루함만 봐도 한 성격 한다는 것이 너무나도 잘 전달되었다.

뭐, 그런 게 싫지는 않지만.

『시험 개시!!』

시작을 알리는 말이 떨어져도 쌍방은 곧바로 움직이지 않았다.

시험관도 올해 첫 3급 수험생이라서 경계하는 걸까…….

소녀도 자세를 낮추고서 경계하는 분위기를 풍기고 있었다. 그 모습은 영역을 침입당한 고양이를 연상시켰다.

한동안 교착 상태가 이어졌지만— 시험관이 먼저 움직였다.

휘잉!! 하고 돌풍이 불었다.

바람 정령술—【천학(天學)의 우침(羽針)】인가!

어떤 예비 동작도 보이지 않는 훌륭한 노 모션 발동이었다. 예상 따위 불가능한 그 기습에 소녀는 「으악?!」 하는 소리를 내며 팔로 얼굴을 가리고 말았다.

저건 위험한데. 스스로 시야를 차단해 버렸다……!

윙윙윙, 소리가 들렸다.

【천학의 우침】으로 만들어 낸 바람 칼날이 날아가는 소

리였다.

바람을 조종하는【천학의 우침】은 큰 장점이 두 가지 있었다.

첫째는 상대에게 공격이 보이지 않는다는 것.

둘째는 자신의 공격이 자신의 시야를 막지 않는다는 것이었다.

예를 들어 불을 조종하는【여명의 등불】은 자신이 일으킨 폭발이나 불꽃 때문에 상대를 시야에서 놓칠 위험이 있었다. 그러나 투명한 바람을 조종하는 힘은 그럴 위험이 없다. 상대의 대응을 확실하게 관찰하면서 다음 공격을 준비할 수 있다!

하지만.

"어……?!", "어라?"

나와 필은 동시에 소리를 냈다.

아니, 관객석 전체가 당황하여 술렁거렸다.

—사라졌기 때문이다.

한순간도 눈을 떼지 않았을 텐데— 시험장에 있는 모두가 소녀의 모습을 놓쳤다!

직후, 소녀가 다시 모습을 드러냈다.

하지만 즉각 눈치채지는 못했다. 그도 그럴 것이 소녀가 나타난 곳은 아까 있던 위치에서 멀리 떨어진— 시험관의 바로 뒤였으니까.

그리고 역시 누구도 눈치채지 못했다. 관객도, 시험관도, 어느 누구도— 소녀의 오른손에 자그마한 단검이 있다는 것을 눈치채지 못했다.

—희게 빛나는 칼날이 시험관의 목에 깊이 박히는 그 순간까지.

처음 돌풍이 불었을 때, 소녀는 확실히 놀란 모습이었다.

그래서 시야가 차단된다는 것을 생각하지 못하고 순간적으로 얼굴을 가렸다.

나를 포함해 모두가 그렇게 생각하도록 **유도되었다**.

하지만 목을 찔린 시험관의 귓가에서— 소녀의 입술이 이렇게 움직이는 것을 나는 보고 말았다.

"**—그걸 믿었어**?"

엘리멘트 아웃.

급소 판정으로 일격에 모든 영력을 잃은 시험관은 힘없이 털썩 무릎을 꿇었다.

『시합 종료! 루비 버그슨의 승리!!』

그런 안내 방송을 들으며 나는 생각에 잠겼다.

……연기였나?

아마 교착 상태였던 시점에— 경계하는 분위기를 풍겼던 그때부터.

공격이 잘 먹혔다고 대전 상대가 착각하도록 만들기 위한 함정—.

……저런 애가 다 있다니.

이미 두 손 든 기분이었지만, 이건 아직 시작에 불과했다―.

『제1시험장! 덴홀름 바스테도 9단 문하, 가웨인 맥도넬! 수험 급수…… 3급!!』

그런 방송이 나오자 아까 그 소녀 때처럼 관객석이 술렁거렸다.

"호오! 그 유명한 『철의 장군』 바스테도 각하의!", "문하생을 두셨었군.", "맥도넬이라면 8대째 이어진 기사 명가야. 과연 어느 정도일지……."

제1시험장에 서 있는 것은 무거워 보이는 갑주로 전신을 덮은 중장보병 같은 소년이었다.

학원 입학의 나이 제한은 12세. 즉, 저 녀석도 열두 살은 넘지 않았을 테지만…….

크네. 키가 몇 센티미터지? 고등학생이라고 해도 믿을 만큼 키가 컸다.

『시합 개시!!』

시합이 시작된 후, 갑옷 입은 소년은 검과 방패를 든 채 한 발짝도 움직이지 않았다.

상대가 공격을 시작하고 나서도 한 발짝도.

소년은 상대의 공격을 전부 몸과 방패로 막아 내고 있었다.

단순히 튼튼하다는 말로는 정리될 수 없을 만큼 비정상적인 내구력이었다. 어딘가에 반드시 비밀이 있을 터— 그렇게 생각한 나는 한계까지 눈에 힘을 줬고 비밀의 일부를 발견했다.

공격을 막을 때마다 상하고 망가지는 소년의 방패와 갑주가…… 어느새 멀쩡해져 있었다.

망가지고 망가져도, 망가뜨리고 망가뜨려도, 소년의 방어구는 새것처럼 돌아왔다.

하지만 정말로 이게 다일까? 저 내구력을 정말 이것만으로 설명할 수 있을까? 갑주는 모든 대미지를 차단하지 못한다. 받은 충격은 반드시 육체에도 가해질 터……. 그런데도 저 녀석은 산들바람이라도 부는 것처럼 태연했다. 멀리서 본 것만으로는 그 이유까지 알아낼 수 없었다.

소년의 대전 상대도 그걸 알아내려는지, 참다못한 것처럼 먼저 간격을 좁혔다.

하지만— 그게 바로 소년이 노린 바였다.

유려하게 검을 놀려 수월하게 근접전을 제압해서— 몇 분 지나자 시험장에는 소년만 서 있게 되었다.

『시합 종료! 가웨인 맥도넬의 승리!!』

제4시험장에 그 소녀가 나타난 순간, 모두가 시선을 빼앗겼다.

불꽃처럼 빛을 발하는 빨간 머리.

그에 맞춰 만든 듯한, 장미를 연상시키는 진홍색 드레스.

아젤레아 오스틴.

원형 스테이지에 선 아젤레아의 모습은 누구보다도 강렬했다.

저 드레스 차림은 아까도 봤지만…… 무서우리만큼 스테이지에서 빛나는 녀석이네. 가까이서 보는 것보다도 이렇게 멀리서 보는 게 오히려 더 존재감이 컸다.

"지 군, 이쪽 봐."

옆에 있던 필이 난데없이 양손으로 내 뺨을 꾹 눌러 자기 쪽으로 돌렸다.

"왜…… 왜?"

"그냥 이쪽 봐! 저 애는 보면 안 돼!"

진짜 적대시하고 있네……. 필이 이렇게 적의를 드러내는 건 처음 봤다.

뭐 때문에 그러는 걸까. 아마 나를 뺏길 거라고 생각하고 있겠지만.

……아.

혹시…… 필은 또래 여자아이와 만난 적이 거의 없나?

그야 내가 모르는 곳에서 알고 지내는 사람은 있겠지만,

내가 얽힌 인간관계 중에 또래 여자아이가 끼는 건 처음이었다.

어? 그럼 설마 이제부터 여자애랑 아는 사이가 될 때마다 이런 느낌이 되는 거야?

……대책을 세워 두는 편이 좋을지도 모르겠다.

『제4시험장! 염신천조류 문하, 아젤레아 오스틴! 수험급수는…… 3급!!』

……저 녀석도 3급 수험생인가.

지금까지 3급 시험을 본 아이는 몇 명 있었으나 모의전을 승리로 끝낸 사람은 단 두 명— 하류층 어필이 굉장했던 소녀와 어른처럼 키가 컸던 소년뿐이다.

반드시 이겨야만 하는 것은 아니지만, 과연 저 녀석은 어떻게 될까?

아젤레아는 대전 상대인 시험관을 향해 드레스 자락을 들고 가볍게 무릎을 굽혔다. 「커트시」라는 인사였다. 그야말로 귀족다운 우아한 동작이었지만, 그건 『긴장 따위 전혀 안 해요. 여유롭죠』라는 선언으로도 보였다.

이거 격렬한 싸움이 될지도 모르겠는데…….

그런 내 예상을 뒷받침하듯—.

『시합 개시!!』

시험관이 먼저 속공을 가했다.

어디선가 나타난 물이 탄막을 형성하여 아젤레아에게 일

제히 날아갔다!

정령 〈포칼로르〉의【원어의 어수】……!!

물을 조종하는 심플한 정령술이었다.

그리고 내가 알기로 아젤레아의 정령술도 지극히 심플했다.

정령 〈아임〉의【여명의 등불】— 불을 조종하는 정령술.

아까 라켈에게 들었는데, 아젤레아가 속한 염신천조류는【여명의 등불】전문 유파라고 했다. 정령술사 길드 내에서도 특히나 힘이 있는 실력파 일문이라고 했지만— 이번만큼은 상성이 너무나도 나빴다.

내게【여명의 등불】은 인연이 깊은 정령술이다. 한 살 때 처음 싸운 것이 이 정령술이었으니까.

그래서 나는 잘 안다. —저 정령술이 물에 매우 약하다는 것을.

참 심술궂은 매칭이다. 알면서 일부러 대전 상대를 이렇게 배정했다는 생각밖에 안 든다. 신입생에게 이렇게나 상성이 최악인 상대를 붙여 주다니…….

물 탄막 앞에서 아젤레아는 한 발짝도 움직이지 않았다. 다리가 얼어붙은 건지, 드레스 때문에 못 움직이는 건지— 아니, 애초에 도망쳐도 못 피한다. 아젤레아는 그저 우두커니 서서 아름다운 진홍색 드레스에 구멍이 숭숭 뚫리는 것을 지켜볼 수밖에 없는 거다…….

—그렇게.

나를 포함한 모두가 생각했을 것이다.

다음 순간, 날아간 물 탄막을 거대한 화염벽이 집어삼키는 장면을 보기 전까지는.

화염벽이 불티가 되어 흩어지고, 여전히 호화로운 드레스 차림인 아젤레아가 다시 나타났다.

강렬한 빨간 머리 끝자락에서 불꽃을 튀기며, 아젤레아는 그 단정한 얼굴에 대담한 미소를 머금었다.

"『불이 물에 약하다』는 환상은 기저귀와 함께 졸업하시는 게 어떨까요?"

그 후 시작된 것은 새빨간 불꽃에 의한 유린.

아젤레아 오스틴의 독무대였다.

『시합 종료! 아젤레아 오스틴의 승리!!』

"잭, 슬슬 네 차례야."

아젤레아의 시합이 끝남과 동시에 라켈이 그렇게 말했다. ……갈 시간인가.

"필은 아직 조금 시간이 있으니까 부모님 쪽으로 가서 봐도 돼."

"응! 힘내, 지 군! 내가 보고 있을게!"

"그래. 맡겨 둬."

필이 손을 들었기에 하이파이브를 했다.

그러고 나서 필은 부모님이 계신 곳으로 달려갔다.

나와 라켈은 수험생 대기실로 걸어갔다.

한 걸음씩 걸을 때마다 주위의 소란이 멀어지는 것 같았다.

"……아까도 말했지만 너는 정말로 강해졌어. 어느 누구에게도 지지 않을 만큼."

걸어가며 라켈이 나직이 말했다.

"하지만 지금은 아무도 너를 몰라. 두루뭉술하고 진위도 확실하지 않은 소문 속 인물일 뿐이야."

내치듯이 말하면서도—.

그러나 라켈은.

나의 스승은.

미소로 내게 용기를 줬다.

"—사람들에게 알려 주자. 잭 리버라는 존재를."

나도 힘차게 웃으며 「그래!」 하고 대답했다.

도적 토벌자와 천재 왕자

"통쾌한 승리야!"

나는 기분이 좋았다.

왕립 정령술 학원, 전투과 3급 시험— 일문의 선배들은 귀에 딱지가 앉을 만큼 겁을 줬지만, 끝나고 보니 별것 아니었다.

시선을 한 몸에 받는 쾌감, 거리낌 없이 실력을 발휘할 수 있는 해방감— 오히려 즐거웠을 정도다.

분명 모두가 눈에 똑똑히 새겼을 거다. 아젤레아 오스틴이라는 희대의 정령술사의 모습을!

자, 그럼…… 이제 찬찬히 구경이나 해 볼까.

나와 동시대에 태어나 버린 불행한 아이들의 얼굴을 말이지.

『제2시험장! 잭 리버! 수험 급수는— 어?』

"어라?"

아는 이름이 들려왔다.

잭 리버…… 내가 옷을 갈아입고 있을 때 창문으로 들어왔던 불결한 남자애잖아. 뭐, 그건 창문을 열어 둔 내 잘못도 있지만.

일단 합격을 기원하긴 했고, 봐 주기로 할까? 고작 5급이나 6급 시험을 봐도 얻을 건 없겠지만.

그나저나…… 방금 사회자가 수험생의 스승 이름을 깜빡 안 읽은 것 같은데.

분명 라켈이라고, 처음 듣는 술사에게 가르침을 받았다고 들었지만…… 그 사람이 아니더라도 추천장을 준 길드 회원의 이름을 읽어야 할 터다. 어쨌든 굉장히 무례한 일이었다.

뭐, 누구든 실수는 하고, 내가 이러쿵저러쿵 말할 일도 아니지.

나는 관전하기 위해 관객석으로 올라갔다.

……어라? 그러고 보니 그 아이의 수험 급수는? 내가 못 듣고 넘겼나?

관객석으로 올라가니 내빈들이 당혹스러운 듯 술렁이고 있었다.

"무슨 일이지?", "뭔가 말썽이 생겼나?"

저마다 당황한 목소리를 내며 하나같이 시험장이 아니라 위쪽을 올려다보고 있었다.

위에는 하늘밖에 없었다. 굳이 따지자면 안내 방송이 위에서 들리기는 하지만…… 방송에 무슨 문제라도 있었나?

『……실례했습니다. 수험생 소개가 도중에 끊긴 것을 사과드립니다.』

그런 방송이 들려오자 안심한 듯 술렁거림이 가라앉았다.

『제2시험장의 수험생을 다시 소개하겠습니다.』

제2시험장이라면 그 아이가 시험을 보는 곳이잖아? 수험 급수를 못 듣고 넘어간 게 아니라 방송이 끊겼던 거였구나. 왜 끊긴 거지?

나는 내 자리로 가며 그렇게 생각하고 있었다.

그리고 다음 순간, 그 이유를 알았다.

방송이 끊긴 것은— 준비된 원고를 보고 사회자가 눈을 의심했기 때문이라는 것을.

『제2시험장! 잭 리버! 수험 급수는— 2급!!』

괴괴히— 장내가 고요해졌다.

하지만 그건 잠깐이었다.

직후.

—관객석에서 술렁거림이 폭발했다.

나는 그 술렁거림 속에서 멍하니 서 있었다.

……잘못 들었나? 아니. 이렇게 많은 사람이 잘못 들었을 리 없다.

"뭐……."

2급 수험생? 그 아이가…… 나보다 위란 말이야?!

나는 관객석의 가장 앞쪽으로 달려가 난간 밖으로 몸을 내밀고 외쳤다.

"뭐……라고요—?!?!"

◆

『제2시험장! 잭 리버! 수험 급수는— 2급!!』

내 시험은 끝났고, 슬슬 영감탱이한테 돌아갈까 했지만 그 방송을 듣고 마음이 바뀌었다.

제2시험장에 서 있는 것은 딱 봐도 부잣집 도련님 같은 애송이였다.

하지만 나는 알 수 있었다.

냄새가 난다…… 아주 풀풀.

지저분한 슬럼가에 우글우글했던, 부조리한 절망 속에서 살아온 인간의 냄새가…….

“재밌겠는데.”

생각보다 시시한 곳인 줄 알았더니…… 제법이잖아, 정령술 학원.

나는 자리에 앉아 잭 리버라는 녀석에게 주목했다.

◆

『제2시험장! 잭 리버! 수험 급수는— 2급!!』

방송을 듣고 나는 한쪽 눈썹을 움직였다.

……2급 시험을 본다고?

리버라면 다임쿠르드의 영주인가……. 백작위를 받긴 했

지만 가문으로서의 역사는 결코 길지 않다. 시골 백작이라는 멸칭도 있었을 터다.

현 가주인 칼럼 리버는 예전에 아내와 함께 이름을 떨친 정령술사였다고 들었으나, 개인으로 보면 우수한 술사는 아니라고 했다. 분명…… 그래, 극단적인 비밀주의라서 자신들의 정령술을 동료에게도 밝히지 않았다고 했던가. —특필할 만한 점은 그 정도가 다였다.

그 아들이 2급 시험을 본다고?

역사가 깊지도 않고, 우수한 혈통에서 태어난 것도 아니다.

그런데도 학원은 2급 수험을 허가한 건가.

……잭 리버.

그 진가를 확인하기 위해 나는 제2시험장에 시선을 줬다.

◆

『제2시험장! 잭 리버! 수험 급수는— 2급!!』

"……흐응."

나는 미소 지었다.

제2시험장에 선 소년의 모습을 내『눈』으로 관찰했다.

"……그렇구나."

나는 남몰래, 그리고 누구보다도 빨리 진실을 말했다.

"강하네."

◆

“2급이라고?!”, “추천인의 이름을 말하지 않은 걸 보면 스카우트인가?”, “리버라면……! 그 시골 풋내기의 아들인가……!!”

시합이 시작되기 전부터 시험장은 떠들썩했습니다.

당연한 일입니다.

2급 수험생은 최근 몇 년간 한 명도 없었으니까요.

시험장에 모인 귀족님들은 전혀 마크하지 않았던 리버 가문에게 『몇 년 만에 2급 수험생을 배출한 가문』이라는 칭호를 빼앗겨서 분한 겁니다.

아저씨들이 꼴사납게 질투 섞인 쓴소리를 할 때마다 황홀함이 온몸을 채우며 하복부가 간질거렸습니다.

자, 다들 잘 보세요……. 놓치지 마세요…….

당신들은 이제 일제히 입을 다물게 될 테니까요……! 질투하는 것도 잊고서, 뭍에 올라온 물고기처럼 멍하니 입을 벌리게 될 테니까요!

그리고 깨닫겠죠…….

오빠가 가장 대단하고, 가장 강하고, 가장 멋있다는 것을!

◆

잭 리버.

내가 옷 갈아입는 모습을 보고, 아직 어린데도 뽀…… 뽀뽀를 한다는 불결한 남자.

그런 자가 몇 년 만에 나타난 2급 수험생이라니……! 심지어 추천이 아니라 스카우트 입학이라니?!

그걸…… 그걸 숨기고서! 『6급에는 합격하길 기도해 줄게』라고 말한 나와 얘기했던 거야?!

내가 바보 같잖아! 멋대로 착각한 건 나지만!

이렇게 된 이상 그냥은 못 넘어가……. 나보다 높은 급수에 도전하는 걸 허락받은 실력이 어느 정도인지 봐 주겠어. 나의 가…… 가슴을 봤으니까, 저쪽도 이것저것 보여 주지 않으면 불공평한 거지!

제2시험장에서 잭 리버와 남성 시험관이 마주 서 있었다.

시험장에 있는 모두가 그곳에서 시선을 떼지 못했다.

그리고—.

『시합 개시!!』

신호와 동시에 시험관이 거리를 좁혔다.

빨라!

역시 2급에서 싸우는 재학생답네……. 직전까지 조금도 티를 내지 않고 완전히 허를 찔렀다. 보통 사람은 분명 한 발짝도 움직일 수 없다.

시험관은 검을 들고 있었다.

잭 리버도 허리에 장검 한 자루를 차고 있었다.

어린아이의 키와 근력으로는 다루기 어려울 것 같지만, 저걸 미리 뽑아 두지 않은 것은 잭 리버의 과실이다. 지금 뽑더라도 방어할 수 없다!

시험관은 곧장 잭 리버의 머리로 은색 검을 내리쳤다.

잭 리버는 갑옷도 투구도 장비하지 않았다. 저걸 맞으면 틀림없이 일격에 영력 고갈 상태가 된다—.

그렇게 생각한 직후에, 잭 리버는 막았다.

……어? 막았어?

너무나도 자연스러운…… 그게 순리인 것 같은 광경을 보고 나는 한순간 그게 이상하다는 걸 인식하지 못했다.

잭 리버가 오른손을 올렸다.

슥, 하고 태양을 향해 드는 것처럼—.

—그리고 검을…… 잡아서 막았다.

마치 대전 상대가 직전에 멈춘 듯한 급정지였다.

확실히 이곳에서는 무혈진의 효과로 인체에 상처를 입힐 수 없다. 하지만, 그렇지만. 그 기세에 그 속도였는데! 손으로 잡아서 막을 수 있을 리가 없다! 설령 막았더라도 손의 부위 영력이 고갈되어 움직일 수 없을 터……!

하지만 잭 리버의 오른손은 움직이고 있었다.

휘둘린 검을 단단히 잡고 있었다!

검을 든 시험관의 표정이 달라졌다.

그리고 무슨 생각을 했는지 스스로 검을 놓고 잭 리버와 거리를 벌렸다.

스스로 무기를 버리다니! 그럴 만한 뭔가를 느낀 건가……?

잭 리버는 자신의 수중에 남은 장검을 보더니 그 손잡이를 쥐었다.

적의 무기를 이용할 셈인가? 손에 익지 않은 무기를 쓰는 건 위험한 행위다. 온갖 무기에 정통한 베테랑 용병이 아닌 이상—.

시험관은 허리에 차고 있던 검집에서 단검을 뽑았다. 용의주도하네. 무기를 잃었을 때도 대비해 둔 모양이다.

저렇게까지 준비해 둔 것을 보면 저 시험관은 뼛속까지 근접형이다. 정령술도 아까 그 눈에 보이지도 않는 속도를 내는 데 쓰고 있을 것이다.

그건 잭 리버도 알고 있을 터……. 그런데도 굳이 상대의 특기 분야로 싸우려 하다니…… 아아, 진짜 답답해!

무기의 리치에 차이가 있기는 해도, 보아하니 시험관은 잭 리버보다 다섯 살은 더 많은 것 같았다.

즉, 메꿀 수 없는 체격 차이가 존재한다는 거다.

상식적으로 생각하면 알 수 있는 일이다. 그런 상대와 근접전을 벌여서 이길 수 있을 리가 없다!

잭 리버는 빼앗은 검을 정면으로 들었다.

흐응……. 자기 검을 허리에 차고 다니더니, 아마추어는 아닌 모양이다.

시험관도 자세를 낮추고 단검을 들었다.

아까는 먼저 공격에 나섰으니까 이번에는 맞받아치려는 걸까. 역시 근접전에 꽤 자신 있는 것 같다.

자, 어떻게 나올까……?

나뿐만 아니라 분명 시험장에 있는 모두가 잭 리버의 다음 행동을 주시하고 있었다.

지그시…… 일거수일투족을 놓치지 않도록.

—그랬는데.

"어?"

잭 리버가 사라졌다.

아니, 정확히는 보였다.

—시험관의 **등 뒤**에 선 모습이.

갑자기 모습을 감춘 아이라면 이전에도 있었다. 하지만 방금 그건 근본적으로 달랐다. 잭 리버는 딱히 모습을 감추려 한 것이 아니다.

그저…… 이동했을 뿐이다.

정면에서 똑바로 달려가 대전 상대를 지나쳐 등 뒤로.

그게 다였지만…… 내 눈이 쫓아가지 못했을 뿐이다.

근접전을 자기 분야로 정하고 몇 년이나 수행했을 저 시험관이 보였던 무시무시한 속도.
그것을 잭 리버는 가뿐히 능가했다…….
어쩌면 그 속도는 순간이동으로 보였을지도 모른다.
그렇지 않다는 걸 나를 포함해 모두가 확신하는 것은 『흔적』이 남아 있기 때문이었다.
잭 리버가 지나는 길에 서 있던 시험관의 몸에, 검에 베였음을 나타내는 붉은 빛줄기가—.
하나.
둘.
셋.
넷……!
다섯……?!
여, 여섯……?!
—도합 여섯 개나 그어져 있었다.
잭 리버는 엇갈리는 그 짧은 순간에 여섯 번이나 검을 휘두른 것이다……!
이런 건 조리에 맞지 않는다. —부조리의 영역이다.
틀림없이 정령술을 썼다. 그것도 극도로 수준이 높고, 복잡하고, 정교한 정령술을.
그런데도— 나는 잭 리버가 어떤 정령술을 썼는지조차 알 수 없었다……!
여섯 번이나 검에 베인 시험관은 당연히 영력이 고갈되

어 그대로 쓰러졌다.

『……시, 시합 종료! 잭 리버의 승리!!』

뒤늦게 방송이 나오자 잭 리버는 쓰러져서 움직이지 못하는 시험관에게 성큼성큼 다가갔다.

그리고 허리에 달린 검집에 검을 돌려주고 고개를 꾸벅 숙였다.

시험장을 뒤로하는 잭 리버의 뒷모습을 보고 있으니 어째선지 머릿속에 어떤 소문이 떠올랐다.

—변방으로 거점을 옮겨 못된 짓을 벌이던 도적단이 하룻밤에 괴멸됐다.

—괴멸시킨 것은 현지 아이 두 명.

—그 아이들은 어른 뺨치는 정령술 실력자라, 눈에 보이지도 않는 속도로 태풍처럼 도적단을 습격하여 순식간에 전원을 해치웠다.

—그 두 아이가 올해 스카우트되어 학원에 입학한다고 한다…….

변방. 스카우트. 눈에 보이지 않는 속도.

그리고…… 2인조.

"그런 거였구나……."

잭 리버, 그리고 필리네라고 했던 여자아이.

그 두 사람이 바로 소문의…….

"……상대로서 부족함 없네."

그거 아니?

불을 타오르게 하려면 적당한 장작이 필요한 법이야.

◆

"후우……."

홀을 나온 나는 마침내 힘을 빼고 한숨을 쉬었다.

"심장 떨렸어~."

개시 직후, 상대가 돌격해 왔을 때— 생각보다 속도가 훨씬 빨라서 방어가 아슬아슬했다. 결국 1년 반 동안 줄곧 계속된 기습 대처 훈련이, 화살이 날아왔을 때 이후로 또 도움이 되었다.

상대가 빠르게 검을 포기하고 간격을 벌린 것도 운이 좋았다. 아마 검의 무게가 사라졌음을 깨닫고서 몸까지 부유하면 위험하다고 순식간에 판단했겠지만— 간격을 두지 않고 지근거리를 유지한 채 단검으로 근접전을 시도했다면 어떻게 됐을지 모르겠다.

뭐, 나는 마음만 먹으면 타격이나 참격 종류를 전부 흘릴 수 있으니까 막지 못해서 패배하지는 않았겠지만.

결국 상대가 나를 전혀 모른다는 점이 승리의 큰 요인이었다.

마지막 움직임도 남들 눈에는 초스피드로 보이는 모양이

지만 그건 착각에 불과하다.

인간은 움직이기 전에 무조건 예비 동작을 한다. 지식으로는 몰라도 감각으로는 알고 있다. 아이부터 어른까지 누구나, 의심할 여지도 없이. 그래서 대부분의 인간은 상대의 움직임을 보려고 할 때 무의식적으로 예비 동작을 찾는다.

하지만 나는 【자립의 투익】의 《우익의 품새 · 현조》 덕분에 예비 동작을 생략할 수 있다.

있지도 않은 것을 찾는 사이에 일이 끝나 버리니까, 적어도 처음에는 순간이동 같은 초스피드로 보이는 거다. 상대가 내 수법을 알고 있었다면 여섯 번이나 베기 전에 반응했을 것이다.

뭐, 어쨌든 이겼다. 시험은 틀림없이 합격이리라.

하아~ 지쳤어. 돌아가자.

그렇게 긴장을 풀고 복도를 걷고 있으니 앞쪽에서 금발 소년이 걸어왔다.

"수고했어."

소년은 엇갈리는 순간 그렇게 말하더니 홀 쪽으로 갔다.

다른 신입생인가. 이제부터 시험을 치르는 모양이다.

이미 끝낸 자로서 살짝 우월감이 들었다.

……역시 조금 보고 갈까?

갑자기 마음이 바뀐 나는 대기실로 가려던 걸음을 돌려 다른 수험생의 시험을 살짝만 보고 가기로 했다.

그건 시험을 끝내고 마음이 풀어져서 생긴 변덕이었지만—.

결과적으로 잘한 일이었다.

이 직후에 일어난『사건』을 놓치지 않을 수 있었으니까.

나는 홀에 돌아가 입구에서 가장 가까운 시험장을 보았다.

원형 스테이지 위에 아까 스쳐 지나갔던 금발 소년이 서 있었다.

이렇게 보니 분위기가 독특한 소년이었다.

아젤레아처럼 화려하지는 않았다.

오히려 고요했다. 숲속에서 잔잔히 솟는 샘 같은 고즈넉함마저 느껴졌다.

그런데 어째선지 시선이 갔다…….

『제2시험장! 엘비스 쿤츠 윈저!!』

그게 저 소년의 이름인 모양이다.

……잠깐만.

엘비스 쿤츠…… **윈저**?

그리고 추천인의 이름을 말하지 않았다.

즉, 나와 똑같은 스카우트 입학생……!

이어서 방송은 소년의 수험 급수를 알렸다.

『수험 급수는— 2급!!』

나는 벽에 대고 있던 등을 무심코 뗐다.

2급이라고……?!

관객석에도 술렁거림이 파도처럼 퍼졌다.

하지만 그건 나 때 같은 당혹스러운 술렁거림이 아니었다. 어딘가 납득한 듯한, 『당연히 그래야지』 하고 말하는 듯한…… 그런 술렁거림이었다.

……아아, 그런가. 그러고 보니 아젤레아가 말했었지.

—윈저.

그 이름은 이 나라에서 어떤 집안을 의미한다.

바로, 왕가.

라에스 왕국을 지배하는 혈족 중에서 현재 가장 힘을 가진 집안.

저 금발 소년이 바로 아젤레아가 말했던 『천재 왕자』—.

왕족이 시작된 이래 최고의 신동—.

—제3왕자, 엘비스 쿤츠 윈저.

술렁거림은 금방 가라앉았다.

누가 말하지 않아도 다들 떠올린 것이다. —왕족의 면전에서 수군대는 것이 얼마나 무엄한 일인지를.

시험이 시작되고 나서 이렇게나 시험장이 조용했던 적은 없었다.

그 정적의 중심에서 천재 왕자는 태연히 서 있었다.

『시합— 개시!!』

평소와는 조금 느낌이 다른 방송으로 시합 개시가 선언된 순간.

정적이 깨졌다.

엘비스 쿤츠 윈저가 만들어 낸 광경에 의해.

"아……?!"

나는 눈을 휘둥그렇게 뜨고 바라보았다.

분명 시험장에 있는 모두가 그랬을 것이다.

금발 소년의 등 뒤에.

마치 아지랑이처럼 일렁이는 사람이 나타났기 때문이다.

남자인지 여자인지도 알 수 없는 호리호리하고 선이 가는 체격과 미모. 머리에는 반짝거리는 보석이 잔뜩 박힌 왕관을 썼고, 등에는 작지만 인간이 아님을 나타내는 날개가 있었다.

인공물 같다는 생각이 든 것도 당연한 일이리라. 세상의 예술품 대부분은 『그것』을 본뜨고자 만들어졌을 테니까.

―정령의 화신.

마침내, 드디어 만나고 말았다.

나 외의 다른 『정령의 횃대(루스트)』와―.

인간과 비슷한 모습을 한 정령의 화신은 주위를 두리번거리고서 말했다.

"―오오!!!! 이거 무척 북적거리는데!!!!!!"

으억……?! 이 무식하게 큰 목소리는 뭐야……!!

아니, 그보다도— 정령이 말했어?!

바로 옆에 있는 정령이 관객의 술렁거림을 전부 합친 것보다도 큰 목소리를 냈음에도 불구하고 천재 왕자는 귀를 막지도 않았다.

"……파이몬. 미리 설명했잖아? 오늘은 학원의 실력 시험이 있는 날이야."

"어이쿠!! 그랬지, 그랬어!!!! 그럼 후딱 정리할까!!!!!!"

순식간이었다.

—쿵!!!!!!

하고, 땅이 튀어 오를 듯이 흔들렸다.

지진—은 아니었다.

단순한, 충격의 여파였다.

엘비스가 서 있는 제2시험장에 크레이터가 생겨나 있었다.

그리고 그 중심에 엘비스의 대전 상대인 2급 재학생이 쓰러져 있었다…….

……대체, ……무슨 일이, 일어난 거지……?

전혀 알 수 없었다.

알 수 있는 것은 단 하나.

순식간에 싸움이 끝나 버렸다는 것뿐이었다…….

『시…… 시합, 종료……. 엘비스 쿤츠 윈저의 승리…….』

방송이 승리를 알리자 호리호리한 인간형 정령이 기뻐하며 손뼉 쳤다.

"와아!!!!!! 네가 이겼대!!!!"

"그래그래. 알겠으니까 조금만이라도 목소리를 낮춰 주면 안 될까."

"예이예이, 내 역할은 끝났다는 거지!!!! 그럼 이만 사라져 주겠습니다요!!!!!!"

그러고서 정령은 모습을 감췄다.

엘비스도 시험장을 뒤로했다.

다들 아무 말도 못 한 채 그 모습을 바라보았다.

……터무니없이 목소리가 큰 성별 불명의 인간형 정령.

이토록 특징적인 정령은 흔치 않다.

정령 서열 9위—〈방관하는 소란의 파이몬〉.

라켈은 나에게 루스트인 것을 들키지 말라고 엄명했다.

들키면 무슨 일이 벌어질지 모른다면서.

하지만 왕자는 자신의 실력을 숨기려 들지 않았다.

마치 도망치지도 숨지도 않겠다고 선언하듯…….

—천재 왕자, 엘비스 쿤츠 윈저.

그 자세에는 이미 왕이 될 자의 품격이 깃들어 있었다.

머지않아 모든 신입생의 시험이 끝났다.

후일, 여관에 묵고 있던 내게 정령술 학원 2급 합격 통지와 전투과 S반 소속을 지시하는 서간이 왔다.

S반은 특별히 우수한 학생이 입학했을 때만 배치되는 반으로, 몇 년에 한 번만 존재한다고 했다. 그곳에 올해는 나를 포함해 몇몇 학생이 소속되게 되었다.

필도 서간을 받고 첩보과 A반에 소속되게 되었다. 아니나 다를까 첩보과 시험에서 최상위 수준의 성적을 받은 듯했다.

나와 필은 이제부터 본격적으로 시작될 수업에 대비하여 이동했다.

앞으로 몇 년이나 지내게 될 학원의 기숙사로.

—이리하여 내 학원 생활이 막을 올렸다.

선택받은 클래스메이트

동생이 초등학교에 입학했을 때, 옆집 아이는 매우 좋아했다.

『오~ 어여쁘구나, 어여쁘구나.』

『아, 아으……. 하, 하지 마, ×× 언니…….』

『무얼 그리 부끄러워하느냐.』

오늘은 사극 혹은 예능 프로그램의 영향을 받은 것 같았다. 빨간 책가방을 멘 동생에게 찰싹 붙어 있었다.

『오, 오빠, 도와줘~.』

어쩔 수 없지.

동생이 울 것 같은 얼굴로 도움을 청했기에 나는 쓴웃음을 지으며 옆집 아이를 제압했다.

『아니?! 이게 무슨 짓이냐! 수상한 놈이다. 잡아라, 잡아!』

수상한 놈은 너겠지.

도대체 오늘 왜 이러는 거야? 항상 신나게 사는 녀석이긴 하지만 오늘은 유별났다.

『그치만 × 군.』

아이는 제압당한 채, 내 얼굴을 올려다보고 웃었다.

『기대되지 않아? 앞으로 우리 셋이 이 학교를 심판해 주는 거야!』

……심판해서 어쩌려고.

하지만 말하고자 하는 바는 전해졌다.

오늘은 우리 세 사람이 학교라는 새로운 장소를 손에 넣은 기념비적인 날이었다.

『자, ××도 울지 말고. 오늘부터 사랑하는 오빠랑 같이 학교에 갈 수 있어.』

『으…… 오빠랑, 같이…….』

……나는 동생이 나하고만 붙어 있는 게 아니라 제대로 친구를 만들었으면 하지만…… 이렇게 기뻐하면 오빠로서 매정하게 대할 수도 없다.

『오늘부터 학교에서도 함께 지내겠네, ××.』

『……응!』

『하지만 우리 말고도 제대로 친구를 사귀는 거야.』

『……으으…….』

동생은 불안한 듯 고개를 숙이고 말았다. ……으음…….

『××. 새로운 친구를 사귀는 게 무서워?』

『……응…….』

『왜?』

『……재미없는 애라고, 여길지도 몰라……. 어두운 아이라고, 여길지도 몰라……. 뭘 하면 좋을지…… 어쩌면 좋을지…… 모르겠어…….』

……본인에게 자신이 없는 거구나.

자기가 하는 일이 전부 틀린 것 같아서 아무것도 못 하는 거다.

『××. 그러면 자기 자신을 용인해 주자.』

『……용인해……?』

『괜찮다고, 그래도 된다고 말이야. 누군가에게 말을 걸 때라든가, 뭔가를 하려고 할 때마다 그렇게 자신을 용인해 주면 돼. 처음에는 어려울지도 모르지만, 계속하다 보면 뭐든 할 수 있게 될 거야.』

『……뭐든……?』

『그래. 괜찮아.』

그 말에 안심했는지 동생의 표정은 점차 밝아졌다.

『……알았어……. 나 힘내 볼게, 오빠……!』

—그것은 닳아 해진 기억의 단편.

—악몽 저편으로 사라진, 행복했을 적의 추억.

◆

"일 · 어 · 나~~!!"

그런 목소리가 들린 순간, 나는 정령술을 발동했다.

힘껏 보디 프레스를 시도한 필이 깃털처럼 가볍게 사뿐히 내 배에 올라탔다.

"아으~ 들켰다~."

"그렇게 크게 선언하는데 당연히 들키지. 너랑 스승님의 깜짝 기상을 지금까지 얼마나 당했는데."

기습 대처 훈련이라고는 하지만, 얘는 분명 재미로 한 거다. 틀림없다.

무게가 없어지는 것에도 익숙한 필은 내 몸을 기어오르더니 고개를 내밀어 내 입술에 자신의 입술을 가볍게 쪽 맞댔다.

"좋은 아침, 지 군."

"……좋은 아침."

으음…… 앞으로 매일 이 생활이 이어지는 건가……. 나 완전 바보가 되는 거 아니야? 괜찮을까?

나는 필을 들어 올리며 몸을 일으켜 침대에서 내려왔다.

어제까지와는 다른 방. 책상 두 개와 2층 침대— 정령술 학원의 학생 기숙사였다.

어느 기숙사에서 지낼지는 나이와 출신에 따라 학원 측이 배정하지만, 1인실을 쓸 것인지, 2인실을 쓸 것인지, 누구와 같은 방을 쓸 것인지는 학생의 요청을 들어줬다.

그런고로 나는 당연히 필과 같은 방을 쓰게 되었다.

필 가라사대 「부부니까 당연해요!」라 했다.

설마 이 나이에 여자아이와 동거하게 될 줄은 몰랐다.

필의 아버지인 포스포드 씨도 「잭 군과 같은 방이라면 안심이죠! 허허허!」 하고 간단히 승낙했다.

그리고 필은 당연하다는 듯 자신의 침대인 2층을 쓰지 않고 내 침대에 들어와서 잤다.

탕파처럼 따뜻해서 기분 좋았지만, 5분마다 간지럽히는 건 그만뒀으면 좋겠다.

"아침은 식당에서 먹던가? 나갈 준비 하자. 필, 교복 꺼내. 옷 벗고."

"꺄아~ 저질~!"

몸을 배배 꼬며 부끄러운 척하는 필에게 교복을 입히고, 나도 지급받은 교복으로 갈아입었다.

이 교복은 전투도 견딜 수 있게 만들어져서 튼튼한 데다가 움직이기 편했다. 어떤 재질인 걸까? 어떻게 생각해도 평범한 실은 아니다. 히히이로카네처럼 지구에는 없었던 물질이 있는 거겠지.

옷을 다 갈아입었으니 이제 아침 먹을 차례다. 밥 먹고 그대로 교실로 갈 생각이라서 가방도 챙겼다.

"좋아, 출발."

"출발~!!"

그렇게 둘이서 씩씩하게 방문을 열고 첫 등교의 첫발을 내디뎠다.

동시에 옆방의 문이 열렸다.

"응?"

"아."

"어머?"

교복을 입은 빨간 머리 여자아이— 아젤레아 오스틴이 옆방에서 나왔다.

"안녕, 좋은 아침이야. 옆방이었구나."

"흐샤~!"

아는 얼굴이라 인사했더니 필이 위협하기 시작했다. 워워, 진정해.

다행히 아젤레아는 신경 쓰지 않는 것 같았다.

다만 나와 필, 그리고 우리가 문을 연 방을 계속 번갈아 보았다.

"어? 어? ……왜, 왜 같은 방에서……? 아, 혹시 한쪽이 다른 한쪽을 깨우러 온 거야?"

"뭐? ……아니, 어제부터 같이 있었는데."

"……어제부터?"

"나랑 지 군은 같이 잘 만큼 친해~!"

흐흥~ 하고 필이 의기양양하게 선언하자 아젤레아의 얼굴이 순식간에 머리카락과 똑같은 색이 되었다.

"파…… 파렴치! 파렴치해—!!"

그렇게 외치고서 아젤레아는 복도 저편으로 달려갔다.

"이겼다!"

필이 어째선지 가슴을 쭉 펴며 우쭐거렸다.

아젤레아, 저 녀석…… 역시 주워들은 게 많구나.

교사 앞에서 필과 헤어진 나는 배포 자료를 보고 교실로 향했다.

으음…… 3층의 가장 안쪽이구나.

1층과 2층은 학생들로 북적였다. 아마 반이 다른 동기생들일 것이다. 내 얼굴을 기억하는 녀석도 있는지 시선이 모이는 것 같았다.

……천재 왕자의 임팩트로 나 같은 건 싹 잊혔을 줄 알았는데.

3층으로 올라가니 사람이 확 줄어들었다. 아무래도 사용되는 교실이 적은 것 같았다. 전투과 S반은 기본적으로 존재하지도 않는 반이니까 남은 빈 교실을 배정한 건가…….

교실은 바로 찾았다. 나는 대수롭지 않게 문을 열었다.

그 순간, 교실에 있던 세 사람의 시선이 일제히 내게 모였다.

……그렇군.

이 아이들이 클래스메이트— 몇 년에 한 번만 존재하는 초엘리트 학급, 전투과 S반으로 뽑힌 신동들인 거다. 멤버는 거의 예상대로네.

그중에서 특히나 낯익은 얼굴을 발견하고 말을 걸었다.

"안녕. 또 보네."

"……흥!"

아젤레아 오스틴은 빨간 머리를 휘날리며 고개를 돌렸다.

"뭐야……. 내가 뭔 짓 했어?"

"그 나이에 여성과 잠자리를 함께하는 파렴치한 남자와는 할 얘기 없어."

"여성이라니…… 필은 사매야. 남녀가 같은 방을 쓰는 것 가지고 그렇게 예민하게 굴지 마. 오히려 묘한 의심을 마구 해 대는 너의 머릿속이 훨씬 파렴치—."

"무, 무슨 소리야!! 내내내내내내내가 그그그그그그그그런 파파파파파파파렴치한 새새새새새새새새생각 같은 걸."

목소리가 너무 떨리잖아. 얼마나 숨기는 게 서툰 거야.

"흐응~ 너, 여자랑 같은 방 써? 제법이네~."

아젤레아가 렉 걸린 소리를 내는 동안 다른 아이가 말을 걸어왔다.

큼직한 베레모를 쓴 아담한 여자아이였다.

막 지급받은 교복을 벌써 개조해서 가느다란 허리와 배꼽을 아낌없이 내보이고 있었다. 학교가 입히는 옷 따위 절대 제대로 입지 않겠다는 의지를 온몸으로 표출했다.

반항적인 아이는 금색 눈에 흥미로운 빛을 담고서 나를 올려다보았다.

"둘이서 같이 다니는 꼬마 정령술사들……. 시험 때도 생각했지만, 역시 너희가 걔네지? 『진홍의 고양이』를 무찔렀다는 두 아이."

나는 어깨를 으쓱였다.

"소문은 살이 엄청 붙었지만 말이지."

"호오. 실제로는 어땠는지 자세히 듣고 싶은데?"

"나쁜 녀석들에게 붙잡혀서 필사적으로 싸웠더니 어떻게든 됐을 뿐이야."

"흐~응……."

소녀는 신기한 것을 보는 눈으로 빤히 쳐다보았다.

뭐야. 한눈에 반했나?

한동안 관찰하던 소녀가 「아」 하고 생각났다는 듯 말했다.

"그러고 보니 아직 이름을 못 들었네."

"아아, 잭 리버야. 너는 분명……."

"루비 버그슨이야. 그냥 루비라고 불러."

"비싸 보이는 이름이네."

"그치? 자주 들어. 그렇게 비싸 보이는 걸 가지고 있으면서 도둑맞을 염려가 없다니 부럽다고 말이지. 어때? 지금이라면 싸게 줄 수 있는데."

"성이었다면 살짝 고민했을지도. 자세히 보니까 미소녀네."

"휘유! 말도 잘하네. 하지만 안타깝게도 그쪽은 못 줘. 영감탱이— 내 스승한테 받은 거라서. 다른 사람을 찾아봐."

스승— 『쓰레기 수거인 버그슨』인가. 슬럼가에서 재능

있어 보이는 아이를 주워다가 자신의 성씨를 주고 키운다고 했다. 이 아이— 루비도 슬럼가 출신일 것이다.

“부— 불결해!”

아. 아젤레아가 재기동했다.

“필리네 양이 있는데도 불구하고 처음 보는 여성에게 작업을 걸다니……! 불성실해!”

“아니아니, 농담이야, 농담.”

“단순한 커뮤니케이션이잖아. 진지하게 받아들이지 마, 아가씨~.”

루비가 놀리듯 웃자 아젤레아는 또 얼굴을 확 붉혔다.

“루비 버그슨! 애초에 그 복장은 뭐야! 제대로 입어야지! 제대로!”

“이게 편해. 그리고 교복을 입으라고는 했지만, 아무도 제대로 입으라고는 안 했는걸.”

“그, 그런 억지 논리를……!”

“억지 논리도 논리지요~.”

글렀다. 상대가 안 돼. 말발은 완전히 루비가 더 뛰어난 것 같았다.

「끄으응……」 하는 아젤레아를 루비가 놀리고 있으니 제삼의 목소리가 불쑥 끼어들었다.

“……시끄럽군. 조금은 얌전히 있으면 안 되나?”

나이에 비해 확연히 낮은 그 목소리를 듣고 우리는 돌아

보았다.

교실에 있던 마지막 한 사람— 도저히 또래로 보이지 않는 거대한 체격을 가진 소년이었다.

“어엉?”

끼어든 사람이 누구인지 안 루비가 티 나게 불쾌해했다.

루비는 몸집 큰 남자아이에게 성큼성큼 다가가 코앞에서 그 얼굴을 노려보았다.

아니, 꼬나보았다.

“내가 뭘 하든 내 맘이잖아. 아니면 뭐? 오늘 처음 만난 인간한테 명령할 수 있을 만큼? 대단하신 분인가? 기사님이라는 건? 응?”

우와…… 양아치다…….

완전 양아치 같은 루비의 태도에도 소년은 의연했다.

“적어도 슬럼가 출신인 너보다는 그렇지.”

우와…… 귀족이다…….

일단은 귀족인 내가 듣기에도 거만하게 들릴 만큼 아주 귀족 같은 태도였다.

저 소년은 시험 때 봐서 기억한다.

가웨인 맥도넬.

얼핏 들은 바에 의하면 역사 있는 기사 집안 출신이었고, 정령술 스승도 대단히 유명한 인물인 것 같았다.

루비와 사이가 나빠질 만했다.

"흐으응? 대단하시단 말이죠? 예전에 기사님의 지갑을 쌔볐을 때 보니까 안이 텅텅 비어 있던데? 기사님은 돈이 없어도 잘난 척하실 수 있나 봅니다요!"

"흥. 천박하군. 범죄 행위를 당당히 선전하지 마. 그리고 기사의 긍지를 돈으로 살 수 없는 건 당연하다."

"흐응~? 긍지? 방구석에 곧잘 쌓이는 그거 말인가요?"[#1]

"……이건 내가 실수했군. 슬럼가의 낙오자 따위에게 우리 기사의 고상한 이상을 이해시키려 한 게 잘못이었어."

"저, 저기…… 둘 다 그쯤 하자……."

아젤레아가 끼어들려고 했지만 루비와 가웨인의 눈에는 안 보이는 것 같았다.

계속 옥신각신 싸우는 두 사람 사이에서 안절부절못하는 아가씨가 한 명.

아젤레아…… 너 괜찮은 녀석이구나…….

본인이 모르는 곳에서 아젤레아에 대한 내 평가가 올라갔다.

"이렇게 네 명이 끝……일 리는 없지."

교실에 모인 이들을 보고 나는 혼자 중얼거렸다.

이 전투과 S반은 실력 테스트에서 특히나 우수한 성적을 남긴 신입생이 모인 반이다.

#1 긍지? 방구석에 곧잘 쌓이는 그거 말인가요? 일본어로 긍지와 먼지의 발음은 똑같이 「호코리(ほこり)」이다.

부절
안절
부절
안절
안절

그렇다면 그 녀석이 여기 없을 리가 없다.

"안녕."

그 한마디에 루비와 가웨인이 싸움을 멈췄다.

청량한 바람을 연상시키는 맑은 목소리—.

내가 열어 둔 문으로 금발 소년이 교실에 들어왔다.

당연한 일이다. ……이 녀석이 이 반에 없을 리가 없다.

모두가 인정하는 전체 신입생의 톱 오브 톱.

—천재 왕자, 엘비스 쿤츠 윈저.

우리 사이에 긴장감이 감돌았다.

천재 왕자가 싸우는 모습은 분명 이곳에 있는 모두가 목격했다.

그리고 모두가 인정했을 터다. —인정하지 않을 수 없었을 터다.

지금 이곳에서, 지금 이 시점에.

최강은 자신이 아니라 이 녀석임을.

입학하자마자 갑자기 우뚝 솟은 거대한 벽.

그것을 직시하고서 우리는 모두 다른 사람이 어떻게 나올지를 보았다.

잠시 침묵이 흐른 후…… 맨 먼저 움직인 것은 가웨인의 거구였다.

가웨인은 금발 왕자 앞으로 걸어가더니— 그 자리에 무릎 꿇고 머리를 조아렸다.

“맥도넬 가문의 적장자, 가웨인 맥도넬이라고 합니다. 뵙게 되어 영광입니다, 엘비스 전하.”

기사 가문인 집에서 철저히 교육받았는지 나이에 비해 훌륭한 신하의 예였다.

이에 왕자도 매우 왕족답게—.

“아, 아니아니아니, 괜찮아, 안 그래도 돼! 제발 고개를 들어 줘!”

—매우 왕족답지 않게, 몹시 황송해하며 가웨인의 고개를 들게 했다.

“『천재 왕자』라는 이명이 붙어서 솔직히 곤혹스러워. 대체 누가 퍼뜨린 건지…….”

천재 왕자 엘비스는 난처한 표정으로 한숨을 쉬었다.

“그러니까 가능하면 여기서는 나를 왕자 취급하지 않았으면 좋겠어. 우리는 앞으로 같은 교실에서 공부할 급우니까.”

"그래! 잘 부탁해, 왕자!"

무서운 게 없는 여자, 루비가 제일 먼저 막역하게 엘비스의 어깨를 두드렸다.

나와 아젤레아와 가웨인은 「이 녀석 제정신인가」 하는 표정을 지었지만, 불경하기 그지없는 루비의 태도에도 당사자인 왕자님이 우호적으로 대하는 것을 보고 점차 「괜찮……나?」 하는 분위기가 되었다.

"으음…… 엘비스…… 님?"

상식을 갖춘 귀족 자제 3인방을 대표하여 내가 말을 꺼내자 엘비스는 당황하여 손을 휘휘 내저었다.

"「님」 같은 건 안 붙여도 돼! 나이도 비슷한데 이상하잖아? 그냥 편하게 불러."

왕자를 편하게 부르라니. 이 녀석, 엄청 허들이 높은 소리를 하잖아. 내가 소년만화의 주인공도 아니고, 그런 시건방진 짓은 간단히 못 한단 말이다.

하지만 왕자의 의향을 무시하기도 그렇지…….

"……그럼 엘비스, 라고 부를게."

"응. 좋아. 다른 애들도 마음대로 불러도 돼."

"그래, 왕자! 점심에 빵 좀 사다 주지 않을래?"

루비 너는 좀 더 공손해져라.

우리는 어느 정도 긴장을 풀고서 엘비스와 자기소개를 주고받았다.

아젤레아는 송구스러워하면서도 「엘비스 씨」라는 호칭을 골랐고, 반면 가웨인은 「전하」라는 호칭과 존댓말을 고수했다. 기사 집안인 가웨인에게는 무슨 일이 있어도 지켜야 할 선이 있을 것이다. 엘비스도 가웨인의 입장과 생각을 이해하고 뜻을 굽혔다.

엘비스는 교실에 모인 일동을 둘러보고 말했다.

"내가 마지막인가 보네."

"……? 어떻게 알아? 여섯 번째 사람이 올지도 모르잖아."

"시험을 봤을 때 S반에 들어올 만한 실력이 있었던 건 너희 네 명뿐이었어."

대충 하는 말 같지는 않았다.

엘비스는 확실한 자신감을 가지고서 그렇게 단언했다.

……생각보다 훨씬 저자세라서 맥이 빠졌었지만, 이 녀석은 역시—.

"—안녕!!"

갑자기 문이 벌컥 열리더니 처음 보는 인물이 나타났다.

「아, 안녕하세요」 하고 아젤레아만 반사적으로 인사했다.

우리보다 조금 나이가 많은…… 열두 살쯤 되어 보이는 여자아이였다. 은색 머리카락이 발밑까지 내려오는 것이 특징적이었다. ……다섯 명으로 끝 아니었나?

우리의 시선을 한 몸에 받으며 은발 소녀가 성큼성큼 교실에 들어왔고, 뒤이어 두 명이 더 나타났다.

한 명은 머리가 하얗게 센 신사였다. 예순은 넘었을 것이다. 수행하듯 은발 소녀를 뒤따르는 모습은 귀족 아가씨와 베테랑 집사 같았다.

그리고 노인을 뒤따르는 다른 한 명은 아는 얼굴이었다.

라켈이었다.

라켈은 나를 힐끔 보았지만 말없이 교실에 들어와 문을 닫았다.

선두에 선 소녀는 곧장 교단에 올라와 교탁 뒤로 모습을 감췄다.

"응!"

하는 소리가 교탁에서 들리자 노신사가 발판을 가져와서 교탁 뒤에 놓았다.

은발 소녀의 얼굴이 교탁 뒤에서 쏙 나왔다.

"다들 뭐 하느냐! 얼른 자리에 앉아라!"

날카로운 목소리로 소녀가 말했지만 우리는 바로 움직이지 못했다.

"이 녀석은 뭐야?"

내가 하지 않고 참은 말을 루비가 간단히 꺼냈다.

이에 반응한 사람은 은발 소녀가 아니라 아젤레아였다.

"세상에! 혹시 이분을 모르는 거야?!"

"허? 모르는데."

"튤라 클리즈 영세영왕(永世靈王)……."

중얼거린 사람은 엘비스였다.

“정령술사계 최고의 호칭인『영왕』자리를 30년이나 방어하고 있는 현역 최강의 정령술사— 이 학원의 학원장이야.”

뭐? 현역 최강의 정령술사? 학원장이라고? ……이 아이가?

“뭐? 30년? 뻥치지 마. 어떻게 봐도 열두 살 정도잖아.”

루비가 버릇없이 손가락질하자 은발 소녀— 툴라 클리즈는「히히히」하고 기쁘게 웃었다.

“열두 살이라니! 나이보다 젊게 보는 건 언제나 기쁜 일이야, 클라이브!”

“툴라, 기뻐하는 너는 실로 귀엽지만, 안타깝게도 젊게 보는 게 아니라 어리게 보고 있어.”

“뭐라? 나는 무시당하고 있는 건가!”

“그래.”

클라이브라고 불린 노신사가 고개를 끄덕이자 툴라 클리즈는 교탁을 탕탕 두드렸다.

“이봐, 꼬맹이들! 나는 너희보다 400년은 더 살았느니라! 자세한 나이는 잊어버렸지만 말이다! 어쨌든 연상에게는 경의를 표해라! 400년분 표해라!”

400살 연상이라고……? 그게 사실이라면, 즉—.

“……엘프……?”

“소인족(하플링)과의 혼혈이지만 말이지. 덕분에 이렇게 쪼끄만 채로 성장이 멈춰 버렸다.”

그래서 라켈과도 나이가 달라 보이는 건가. 자세히 보니 귀도 평범한 인간보다 살짝 뾰족했다.

"흐응. 그런 대단한 사람이 왜 여기 있어?"

"너는 아까부터 버릇이 없구나! 으음…… 이름이…… 그래, 그러니까……."

"루비 버그슨 양이야, 툴라."

"아아, 그래! 루비 버그슨! 나는 오늘부터 너희의 담임이다. 감사히 여기도록!"

"네……?! 대사조(大師祖)님께서 직접 담임을?!"

아젤레아가 눈을 부릅뜨는 한편, 루비는 흥미 없다는 듯 의자를 기울였다.

"대사조님은 또 뭐야? 무슨 새인가?"

"루, 루비! 너는 정말로 공부를 안 했구나! 대사조님은 50년 넘게 이 학원의 교사로 근무하셔서, 우리의 스승의 스승의 스승 정도까지 거슬러 올라가야 닿을 수 있는 대대대대스승이야! 모든 정령술사가 우러러봐야 할 존재라고!"

"흐응~."

"흐응?!"

흐응. 그래서 『대사조』인가……. 그러고 보니 라켈의 스승 얘기는 들은 적 없는데, 우리도 이 은발 소녀의 계보에 들어가나?

"아무튼!"

아젤레아가 루비에게 말하길 그만두고 반짝거리는 눈으로 학원장을 보았다.

"대사조님께 직접 가르침을 받을 수 있다니…… 이런 행운이 또 있을까……?! 대대손손 자랑해야겠어!"

아젤레아의 반응에 기분이 좋아졌는지 로리할멈 대사조는 흡족하게 고개를 주억거렸다.

"제법 재미있— 아니, 유망해 보이는 녀석들이 들어왔다 싶어서 말이다. 조금 상대해 주기로 했느니라. 나는 다른 일도 있어서 바쁘기에 보좌로 부담임도 둘 것이다. 라켈."

입구 옆에서 대기하던 라켈이 부름을 받고 교단 위에 섰다.

"부담임인 라켈입니다. 잘 부탁해요."

붙임성이라고는 전혀 없네. 나는 쓴웃음을 지었다.

아니나 다를까 다른 네 사람은 잘 파악이 안 된 모습이었다.

"……어라? 라켈이라면 분명……."

아젤레아가 내 얼굴을 보았다.

"잭 리버…… 너희 스승님의 이름도 라켈이었지?"

나는 말없이 고개를 끄덕이고 앞에 있는 라켈을 가리켰다.

아젤레아는 「어?」 하는 소리를 내며 라켈에게 시선을 되돌렸다.

라켈이 나를 힐끔 보고 말했다.

"……거기 있는 잭 리버는 내 못난 제자야."

“못났다고 하지 마.”

뭘 부끄러워하는 거야.

루비가 머리 뒤쪽으로 깍지를 끼고 말했다.

“흐응~? 학생의 스승이 학원의 교사가 되기도 해?”

“우리랑 같이 스카우트됐어.”

단적으로 설명하자 「그래?」 하고 이번에는 엘비스가 관심을 보였다.

“네 스승은 엘프였구나.”

“맞아.”

라켈은 혼혈이라는 학원장보다 알기 쉽게 귀가 뾰족했다. 엘프라는 것은 딱 보면 알 수 있었다.

“엘프에게 가르침을…… 그랬구나, 그래서…….”

아젤레아가 혼자 뭔가 납득한 듯 작게 중얼거렸다.

“교사진 소개는 이쯤 하면 됐겠지. 자, 다들 슬슬 자리에 앉아라.”

어쩌다 보니 다들 계속 서 있었다.

쓸데없이 발을 혹사할 이유도 없기에 다섯 명 모두 준비된 자리에 앉았다.

교탁 밖으로 얼굴만 내민 은발 대사조가 익숙한 모습으로 입을 뗐다.

“본격적인 수업은 내일부터다. 오늘은 소위 말하는 오리엔테이션이지. 각자 알고는 있겠지만, 이 학원의 시스템을 다시금 설명하겠다. ―그래.”

히죽, 하고.

생긴 건 열두 살인 최강 정령술사는 심술궂게 웃었다.

“수업보다 훨씬 큰 비중을 차지하는 『급수전』 시스템을 말이다!”

고독(蠱毒)

"유단자를 제외하고 이 학원의 전교생은 1급부터 6급까지 급수를 가지며, 각 급수 안에서 리그전을 벌인다."

툴라 클리즈 학원장은 클라이브라는 노신사에게 안겨서 칠판에 여섯 단계로 나뉜 피라미드를 그렸다.

"이 리그전은 반년을 한 시즌으로 잡아 1년에 두 차례 이루어지지. 시즌 동안 승률 70퍼센트를 달성한 자는 승급, 두 시즌 연속으로 25퍼센트를 밑돈 자는 강등된다. 그리고 1급에서 승급 조건을 충족시킨 자는 입단전을 치른다. 즉, 초단이 될 기회를 얻는 거다. 이 초단이 바로 정령술사 길드가 정회원으로 인정하는 조건이다. 그리고—."

학원장은 피라미드의 정점에 소용돌이를 그렸다.

"—초단을 획득하여 길드의 정회원이 되는 것이야말로 이 학원의 졸업 요건! 18세가 되는 해가 끝날 때까지 초단이 되지 못한 자는 졸업 자격도 얻지 못하고 퇴학이다!"

학원장은 겁을 주듯 말했지만, 그 정도는 여기 있는 모두가 알고 있었다. 다들 그걸 알면서 입학한 것이다.

"궁금한 게 있는데."

루비가 의자의 한쪽 다리를 띄우고 까딱거리면서 질문했다.

"졸업하는 녀석은 어느 정도 돼? 6급으로 입학한다면, 반년마다 하나씩 오를 수 있으니까…… 으음…… 아무리 빨라도 3년인가. 이렇게 오래 걸리니까 졸업 못 하는 녀석도 꽤 있지 않아?"

"좋은 질문이구나."

은발 학원장은「히히히」하고 기쁘게 웃었다.

"무사히 졸업하는 건 평균적으로 10퍼센트 정도다."

……10퍼센트.

90퍼센트의 인간이 졸업 요건을 충족시키지 못하거나 도중에 포기하고 학원을 떠나는 것이다.

"뭐야, 10퍼센트나 돼? 꽤 많잖아?"

"그래, 10퍼센트나 되지. **졸업하는 녀석은 말이다**."

히히히, 하고 학원장이 웃었다.

"졸업 후에 정령술사로 활동하는 건 그중 10퍼센트밖에 안 된다."

10퍼센트의 10퍼센트— 즉, 전체의 1퍼센트. 백 명 중의 한 명꼴…….

"질문 있습니다."

그렇게 말하며 손을 든 것은 몸집 큰 남자아이, 가웨인이었다.

학원장이 가웨인을 가리키며 질문을 허락하자 가웨인은 예의 바르게 일어났다.

"그건 학원생 대다수가 길드에서 일을 받기 위해서가 아니라 자신의 명성을 높이기 위해 술사 자격을 얻으려 하기 때문 아닙니까?"

"맞다. 학원생 대부분은 귀족이고, 목적은 관록을 얻는 것이지. 그러나 가웨인 맥도넬. 그런 녀석은 졸업 후에 무엇을 할 것 같으냐?"

"당연히 정령술사 길드가 주최하는 단위전에 출전하겠지요. 길드에서 단위를 올릴수록 많은 백성에게 주목받고, 귀족 사회에서도 인정받게 되니까요."

"옳다. 하지만 졸업생 대부분은 그 단위전에 출전하지 않느니라."

가웨인은 말문이 막혔다.

"그건…… 금시초문입니다. 어째서죠?"

"출전해도 소용없다고 생각하기 때문이겠지."

소용없다……?

"일찌감치 급수전을 통과하여 입단에 성공한 학생은 그대로 재학 중에 단위전에 출전한다. 4단까지 올라가면 졸업 연령이 되기 전에 조기 졸업을 할 수 있으니 말이다. ……그러나 단위전의 경쟁은 치열해. 많은 학생이 초단에서 전혀 올라가지 못한다. 그러면서 대부분 깨닫고 마는 것이다. 자신은 이 세계에서 헤쳐 나갈 수 없음을."

……냉정한 현실이다.

실력 테스트 날 아빠가 해 준 이야기가 생각났다.

"초단 따위, 술사로서는 최하층이다. 그 냉엄함을 아는 같은 술사나 학원 동창이라면 모를까, 실상을 모르는 일반 시민은 초단 술사를 별 볼 일 없는 송사리로만 생각하지. 귀족은 자존심이 강해. 그런 굴욕을 당할 바에야 굳이 정령술사로 살려고 하지 않는 게야. 그래서 『그 유명한 정령술 학원을 졸업했다』라는 자랑만 할 뿐, 가장 중요한 실력은 전혀 보여 주지 않는 귀족이 양산되는 것이지."

우리는 침묵했다.

하지만 그건 불안해서 생겨난 침묵이 아니었다.

분명 우리 모두가 이렇게 생각했을 것이다.

나는 절대 그렇게 안 될 거라고.

"히히히! 역시 S반을 준비하게 만든 애송이들답구나. 좋은 낯짝을 하고 있어. 자신의 가능성을 조건 없이 신뢰하는 철부지의 얼굴이야. 나는 어린아이의 그런 얼굴을 아주 좋아한다!"

좋아하는 과자를 말하는 얼굴로 학원장이 말했다.

"이 학원은 고독(蠱毒)이다."

열 살도 안 된 아이에게는 전해지지 않을 말이지만…… 그 말은 무겁게 울렸다.

"근거 없는 자신감이 넘치는 아이들이 서로를 잡아먹고, 살아남은 자만이 강함을 습득하지. 그런 장소다. 마음이 망가질 것 같을 때도 있을 것이다. 그러나 지금 그 얼굴을, 그 마음을 잊지 않는다면 괜찮다. —살아남아라. 살아남아서, 졸업할 때 다시 한번 내게 똑같은 얼굴을 보여 다오."

우리는 저마다 크게 대답했다.

"그럼 오늘은 여기까지다. 영차."

발판에서 뛰어내렸는지 학원장의 모습이 교탁 뒤로 사라졌다.

아니, 정수리만 간신히 보였다. 은색 정수리가 옆으로 이동하자 생긴 건 열두 살인 담임 교사가 교탁 옆에 다시 나타났다.

"친목회도 겸하여 밤에는 학급 전원이 참가하는 연회를 열 것이다. 배를 비워 둬라. 태평하게 지낼 수 있는 건 오늘이 마지막일 테니 말이다!"

"말은 그렇게 하지만, 그저 툴라 네가 고기를 먹고 싶은 거잖아?"

"히히히! 당연하지!"

은발 소녀가 노신사와 함께 웃었다. ……그러고 보니…….

"(저기, 아젤레아.)"

"(……왜?)"

옆자리에 앉은 아젤레아에게 몰래 물어봤다.

"(저 영감님은 누구야? 학원장과 되게 친해 보이는데.)"

"(어? ……글쎄. 누구지……?)"

아젤레아도 모르나.

둘이서 고개를 갸웃하고 있으니 뒤에 있던 루비도 대화에 참여했다.

"(생긴 것만 보면 할아버지와 손녀지.)"

"(하지만 학원장이 나이는 더 많잖아? 저 영감님은 인간 같고.)"

"저 사람은 클라이브 클리즈 씨야."

갑자기 답이 나왔다. 엘비스였다.

"클라이브…… 클리즈?"

"응."

엘비스는 별일 아니라는 것처럼 간단히 알려 줬다.

"학원장의 남편이야."

""""……""""

우리는 말없이 다시금 두 사람을 보았다.

한쪽은 생긴 건 열두 살 정도인 은발 소녀.

다른 한쪽은 딱 봐도 예순은 넘긴 백발의 노신사.

……남편?

……아내?

……부부?

""""뭐어어어어어어어어어어—?!?!""""

그리고 밤.

학생 기숙사의 안뜰에서 당당히 입식 고기 파티— 요컨대 바비큐 파티가 열렸다.

“잠깐만! 어째서 내가 불 조절을 해야 하는 거야!”

“아니~ 그치만~ 일일이 부싯돌 쓰고 바람 부치는 거 귀찮고~ 네 불로 샤샤샥 굽는 게 편하잖아?”

“내 불은 조리용이 아니야!!”

“아! 잠깐잠깐잠깐, 스, 스톱, 아가씨! 탄다! 잿더미가 되겠어!!”

그릴 옆에서 아젤레아와 루비가 떠들었다.

조금 떨어진 곳에서는 엘비스가 꼬챙이에 꿰인 고기를 신기하게 요모조모 관찰하고 있었다.

“그렇구나……. 꼬챙이에 꿰어서 테이블이나 식기가 없어도 간단히 먹을 수 있는 거네. 공부가 되는걸?”

“저, 전하……. 이런 속된 음식을 전하께서 드실 필요는…….”

“오오, 맛있어! 가웨인 군, 너도 먹어 봐.”

가웨인이 곤혹스러워하며 꼬치를 떠맡았다.

그리고 나는—.

“히히히히히히!! 기억나는군, 기억나. 칼럼 리버!! 네 아비는 정말로 포기할 줄을 모르는 녀석이었지!! 그 녀석이 무사히 졸업하고 심지어 술사로 대성할 거라고는 그 녀석

말고 아~무도 안 믿었어!!"

"그렇지도 않았어, 툴라. 너만큼은 그자의 가능성을 믿었잖아."

"히히히. 그랬던가? 자잘한 건 잊어버렸어!"

"하아……."

라켈과 함께 어른에게 붙잡혀 있었다.

은발 학원장은 나무 맥주잔을 한 손에 들고서 깔깔 웃으며 말했다.

"그 열등생이 이런 약삭빨라 보이는 아이를 낳을 줄이야! 인간은 어떻게 될지 모른다니까! 아니, 그보다도, 포기할 줄 모른다는 것만이 장점인 그 귀찮은 애송이와 가정을 꾸리고 싶어 하는 여자가 있었다는 게 놀랍군!"

"소문에 의하면 그 포기할 줄 모르는 근성으로 피아마족의 무녀를 아내로 맞이했다고 하니 대단한 일이지."

피아마족의 무녀……?

엄마를 말하는 건가?

"저기…… 어머니는 뭔가 특별한 사람이었나요?"

"응? 뭐야, 못 들었느냐?"

"자신이 부모가 되기 전에 어디 사는 누구였는지 같은 건 아이에게 할 이야기도 아니겠지."

"그런가?"

학원장은 고개를 갸웃했다.

그러고 보니 이 더블 나이차 부부(외관 연령으로도 실제 연령으로도 엄청난 나이차)에게는 아이가 있을까? 이 은발 소녀가 부른 배를 안고 있는 모습은 솔직히 범죄처럼 보일 것 같지만.

"네 어미 매들린은 산속에 사는 매우 폐쇄적인 부족의 공주님이었다. 학원을 졸업하여 한가했던 칼럼 녀석이 그곳을 불쑥 찾아가서 부족의 장로들을 전원 설득하고 매들린을 아내로 데려왔지. 우리는 그렇게 들었다."

"처음 들었어……."

라켈이 놀란 모습으로 중얼거렸다.

나도 처음 들었다. 부모님의 인연이 그렇게 시작됐을 줄이야…….

"이후로 두 사람은 콤비를 이루었다. 2인조 정령술사로 이름을 떨쳤지. 뭐, 얼마 있다가 바로 은퇴해 버렸지만. 지금 생각해 보니 매들린의 배 속에 네가 생겼기 때문인 것 같군."

"부친이 타계하여 집안을 이어야 했기 때문이기도 하겠지."

"히히히! 그 녀석이 백작이라니. 웃기는 일이구나!"

확실히 백작다운 분위기는 아니다. 나는 아빠의 약간 아이 같은 언동을 떠올리고 쓴웃음을 지었다.

"그나저나 그런가. 그 녀석, 피아마족을 설득했나. 얼마나 끈질겼으면. 히히. 아내도 거기에 넘어간 모양이군. 끈

질긴 남자는 인기 없다고 하지만, 호의를 똑바로 부딪쳐 오는 건 의외로 나쁘지 않으니 말이지."

"호오. 내가 꼬셨을 때도 그렇게 생각해 줬던 건가."

"무슨……! 아니! 딱히! 내 얘기가 아니라! 그보다 너는 꼬신 게 아니라 졸졸 쫓아다닌 거지!"

눈앞에서 부부가 애정 행각을 벌이기 시작했지만, 그냥 보면 손녀와 즐겁게 시간을 보내는 노인과 할아버지를 좋아하는 손녀딸로만 보였다.

"두 분은…… 어떻게 결혼하게 됐나요?"

라켈이 조심스럽게 물었다.

확실히 학원장은 옛날에도 이 초등학생 스타일이었을 테니까, 그런 학원장에게 남자가 구애하는 건…… 사건 발생인데.

학원장은 살짝 뺨을 붉히며 부끄러운 듯 시선을 피했다.

"……이 녀석이 착각을 했다."

"착각……?"

"나는 이 학원의 학생이었네. 열두 살에…… 연령 제한을 꽉 채워서 입학했지. 그와 동시에 툴라와 만났어."

열두 살— 아, 그런가.

"교사가 아니라 같은 학생이라고 착각한 거군요."

"그래. 툴라는 혼혈이라서 엘프라는 걸 바로 알 수 없었거든. 엄청나게 예쁜 아이가 있다고 흥분하고 들떠서, 정신 차리고 보니 꽃다발을 선물하고 있었어."

"와……."

라켈이 입가를 가리고 살짝 눈을 반짝였다.

꽃다발이라니…… 굉장한 열두 살이다.

"뭐, 꽃다발이라고 해도 어린아이가 마련할 수 있는 수준의 보잘것없는 거였지만. 실제로 툴라는 상대해 주지도 않았어."

"꽃 같은 건 요깃거리도 안 되니 말이다. 그저 이상한 꼬맹이가 왔다고 생각했지."

"하지만 나도 자네의 아버지처럼 포기할 줄 모르는 성격이거든. 매일 새로운 꽃다발을 준비하고 툴라를 찾아서 억지로 안겨 줬지. ……이것 참, 젊은 혈기였어. 지금 생각하니 그저 민폐 행위군."

"아~~~~주 민폐였다! 어떻게 처리할지 곤란했단 말이다!"

"하지만……."

라켈이 조심스레 말했다.

"최종적으로는 결혼하셨잖아요……?"

학원장이 다시 고개를 휙 돌렸다.

확실히, 그러다 어떻게 결혼까지 골인했는지 전혀 짐작이 안 간다.

"매일 새로운 꽃다발을 준비했다고 했잖은가?"

노신사가 말해서 나와 라켈이 고개를 끄덕였다.

"당시 나는 어린아이였네. 쓸 수 있는 돈도 적었지. 그런 상태에서 매일 꽃다발을 사려면 가진 것을 팔 수밖에 없었어. 그러다 보니…… 어느새 입을 옷조차 없어진 거야."

"네?"

"예……?"

아니, 그렇게 되기 전에 눈치채야지!

"어느 날, 어째선지 늘 꽃다발을 떠넘기는 꼬맹이가 무슨 일이 있었는지 알몸이 되어 있더구나. 나도 깜짝 놀랐다! 이 녀석, 교복까지 팔아넘겼어!"

"학원의 교복은 비싸게 팔린다네. 일주일은 여유롭게 지낼 수 있었어."

"이 학원의 긴 역사 속에서 재학 중에 교복을 판 사람은 너뿐이다!"

지금의 침착한 모습만 보면 전혀 상상이 안 가는 엉뚱한 행동이다. 하지만—.

"그만큼 좋아했던 건가요……."

내 생각을 라켈이 대변했다.

학원장은 토라진 것처럼 고개를 돌리고서 맥주잔에 든 술을 벌컥벌컥 마시기 시작했다.

클라이브 씨는 그것을 곁눈질하며 상냥하게 미소 지었다.

"나중에 들은 바에 의하면, 그때 마침내 내 마음이 전해진 모양이야."

"클라이브! 술 더 가져와, 술!"

「그래그래」 하고 클라이브 씨는 빈 잔을 받아 술이 준비된 테이블로 갔다.

남편이 사라지자 학원장은 「흥」 하고 콧방귀를 뀌었다.

"……요컨대 무심코 제자에게 손을 대 버린 거다. 아~ 나도 모르게 그만!"

학원장은 얼버무리듯 그렇게 외치더니 갑자기 히죽 웃고 라켈을 보았다.

"그나저나 라켈. 너 묘하게 흥미를 보이는구나. 새침한 얼굴을 하고서 역시 그런 데에 관심 있느냐?"

"아, 아뇨…… 딱히 그렇지는……."

"히히히히! 제자에게 손대지 않게 조심하거라."

어?

라켈이 나를 힐끔 보았다.

"……훗. 그럴 리가."

"지금 코웃음 쳤지?!"

살짝 두근거린 내가 바보 같잖아!

"누가 이런 어린애랑. 말도 안 돼."

"하하하하! 그런 소리 할 수 있는 것도 지금뿐이다! 열두 살 꼬맹이의 작업에 넘어간 어른도 있으니 말이다!!"

뻔뻔해졌다!

완전히 자포자기 상태가 된 학원장은 자신이 어떻게 클라이브 씨에게 함락되었는지를 라켈에게 거침없이 말하기 시작했다.

그 틈에 나는 그 자리를 벗어났다.

라켈이 원망스럽다는 눈으로 나를 보았기에 손을 살랑살랑 흔들어 응원해 줬다.

마침내 주정뱅이로부터 해방됐다.

애초에 학급 친목회니까 클래스메이트와 얘기해야 의미가 있는 거잖아. 누구한테 가 볼까…….

그렇게 생각하고 있으니.

"—지 구우우우우우우우우운!!"

친숙한 목소리와 친숙한 충격이 내 등을 덮쳤다.

"……어라? 필? 너 첩보과 쪽 친목회는 어쩌고?"

"와 버렸어♥."

"아니, 와 버렸다니."

"이미 끝났어~ 하지만 이쪽은 아직 안 끝났다고 하길래!"

……뭐, 괜찮으려나. 혼자 기다리게 하는 것도 좀 그렇고.

"아~~~~!!"

필은 내 등을 껴안은 채로 주위를 둘러보더니 크게 외치면서 어떤 인물을 가리켰다.

아젤레아였다.

어깨를 흠칫한 아젤레아는 필이 자신을 가리키고 있음을

알아차렸다.

"뭐, 뭐야? 뭔데?"

"역시 지 군이랑 같은 반이었어! 부러워!"

"어라? 그쪽은 필리네 양……. 분명 전투과가 아니었을 텐데? 왜 여기 있어?"

"지 군한테 이상한 짓 하면 화낼 거야! 지 군은 내 서방님이니까!"

대화가 따로 노네…….

하지만 큰 소리로 범상치 않은 소리를 하고 있는 건 사실이라서, 전투과 S반의 멤버들이 무슨 일이냐며 모여들었다.

내 등에 찰싹 붙어 있는 여자아이에게 가장 먼저 주목한 사람은 엘비스였다.

"잭 군. 그 아이는 누구야?"

"필리네 포스포드. 첩보과 신입생으로 내 사매야."

"사매?"

루비가 그 단어에 반응했다.

"호응~ 그렇다면 도적단을 없앴다는 또 다른 한 명인가!"

"호오~ 그걸 알고 계시다니 제법이군요! 허허허!"

필이 갑자기 자기 아빠 흉내를 냈다. 어째서? 이렇게나 같이 지냈는데 행동을 예측할 수 없다.

"필, 일단 떨어져."

"뭐~?"

"떼쓰지 말고."

내 등에서 떨어진 필은 다른 네 사람 앞에 섰다.

그리고 생긋 웃었다.

"필리네 포스포드입니다~! 첩보과 A반! 필이라고 불러 줘!"

"잘 부탁해, 필."

"넌 안 돼~."

"어?!"

아젤레아가 충격받은 표정을 지었다.

"어허, 필. 차별하지 마."

"적과 친하게 지낼 마음은 없어요!"

"너 첩보과잖아. 적과 친해져서 정보를 알아내는 게 첩보야."

"음…… 어쩔 수 없냥."

필은 떨떠름한 모습으로 아젤레아에게 애칭을 허락했다.

"전에 봤을 때도 그랬지만…… 왜 나를 싫어하는 거야……?"

"나도 잘 모르겠어. 여자의 감이라나 봐."

"하아……."

같은 여자인 아젤레아도 전혀 이해가 안 되는 모양이었다.

엘비스가 웃으며 필에게 말을 걸었다.

"첩보과 A반이라고? 굉장하네."

"에헴. 굉장해요. 굉장해서 모두의 이름도 알고 있어."

그렇게 말하고 필은 네 사람의 얼굴을 순서대로 가리켰다.

"엘비스 쿤츠 윈저. 가웨인 맥도넬. 루비 버그슨. 엉터리 아가씨."

"잠깐만! 나 혼자 그냥 욕인데?!"

와하고 웃음이 터졌다.

특히 루비가 크게 폭소했다.

"안녕, 엉터리 아가씨!"

"잠깐만, 하지 마! 별명으로 만들려고 하지 마! 나는 진짜 아가씨야!"

나와 만났을 때도 그랬지만, 필은 다른 사람과의 거리를 좁히는 걸 무진장 잘한다. 제멋대로 구는 걸 받아 주다 보면 어느새 자연스럽게 옆에 와 있다. 생각해 보면 첩보에는 안성맞춤인 재능이다.

"우후후. 첩보과는 다들 소문을 좋아해요. 첩보과에서 그쪽은『엉터리 아가씨』로 유명해요."

"그게 뭐야! 내 어디가 엉터리라는 거야?!"

"『귀족답게 행동하려는 건 알겠는데 말이지~』하고 다들 그랬어."

"무슨……! 뭐, 뭐……!"

"착한 심성이 훤히 보인다는 거야. 좋은 일이잖아?"

"가문의 체면이 걸린 일이야!!"

타고난 성격은 그리 쉽게 감출 수 없다. 포기해.

루비가 「아하하하하!!」 하고 웃으며 필의 어깨에 팔을 둘렀다.

"뭐야, 너. 재미있는 녀석이네! 머리가 굳어 버린 어떤 기사님과는 전혀 달라!"

"……어떤 빈민 출신은 아무래도 뇌를 슬럼가에 두고 온 모양이지만 말이지."

"어엉?"

"뭐?"

"아아, 정말, 또 싸운다!"

루비와 가웨인이 서로를 노려보기 시작하자 아젤레아가 즉각 중재에 들어갔다. 내가 없는 동안에도 이런 일이 몇 번 있었던 모양이다.

당연히 아젤레아가 아무리 말해도 두 사람은 물러날 기미가 없었다. 엘비스가 가웨인에게 그만하라고 하면 단박에 수습되겠지만, 아무래도 왕자님은 그렇게까지 심각하게 여기지 않는지 구경하는 자세였다.

아젤레아가 고생하는구먼…….

그렇게 나도 구경하기로 했을 때.

—야옹.

하고, 어디선가 소리가 났다.

그 소리에 모두의 신경이 쏠린 순간, 수풀 속에서 부스럭거리며 고양이 한 마리가 나타났다.

"와~ 고양이다~♪."

제일 먼저 달려간 필이 쭈그려 앉아 고양이를 보았다.

"뭐야? 야생 고양이인가?"

루비가 싸움을 끝내고 필의 뒤에서 들여다보았다.

오오…… 아젤레아가 하지 못한 일을. 고양이는 위대하도다.

"영예로운 정령술 학원에 야생 고양이라니……. 시급히 쫓아내야겠군. 거기 있는 조금 커다란 야생 고양이와 함께."

"엉? 이 새끼가 누구보고 야생 고양이래?"

"고양이는 너무 좋은 표현이군. 쥐를 잘못 말했어."

"그래, 해보자, 새끼야!"

그렇게 생각했는데 새로운 불씨가 되었다.

아젤레아도 역시 어이없는 모습이었다.

"쫓아내다니, 그럼 안 돼, 가웨인 군. 분명 음식 냄새를 맡고 온 걸 거야. 배가 고픈 거야."

"아…… 네. 죄송합니다, 전하."

엘비스는 아직 굽지 않은 생 닭고기를 가져와 고양이 앞에 뒀다.

고양이는 고기로 얼굴을 가까이 가져오더니 그 자리에서 먹기 시작했다.

"먹이를 주면 또 오게 될걸?"

"그러면 또 밥을 주면 돼. 정말로 곤경에 처했을 때 베푼 것 가지고 벌이 내리진 않아. ……뭐, 너무 대책 없이 주는 것도 안 좋으니까 적당히 줘야지."

그건…… 뭐랄까, 큰 그림을 보는 사람의 말이라는 생각이 들었다.

베풀어야 할 때와 그렇지 않은 때…… 너무 과하게 주면 사람은 대체 어떻게 되는지. 그걸 자연스럽게 생각하는 사람의 말이었다.

"책임지고 키운다면 또 얘기가 다르지만. 어떡할래?"

"애완동물인가……."

루비가 고양이의 귀를 콕콕 건드리며 중얼거렸다.

"솔직히 내키지는 않지만, 내버려 두는 것도 뭔가 좀……."

"그치! 불쌍해!"

필은 키우고 싶은 모습이었다.

"근데 기숙사에서 동물 키워도 되나?"

"맞아. 그리고 살아 있는 생물을 키우는 건 그렇게 간단히 결정할 일이—."

"딱히 상관없댜~!"

미묘하게 혀가 꼬인 그 목소리는 학원장의 것이었다.

어느새 곤드레만드레 취해서 클라이브 씨와 라켈의 보살핌을 받고 있었다.

"마침 잘 됐구나! 이것도 공부다! 그 고양이를 죽을 때까지 돌봐 보거라! 뭔가 얻는 게 있을 거다! 아마도! 분명!!"

완전 대충이네.

하지만 학원의 최고 권력자가 허락했다.

"……결정됐네."

이리하여 이 학생 기숙사에 고양이 한 마리가 늘어나게 되었다.

고양이에게 지어 줄 이름을 두고서 학생들은 옥신각신 했다.

키우는 데 부정적인 모습이었던 아젤레아와 가웨인조차 루비에게 대항하는 형태로 의논에 참가해 있었다.

나는 조금 떨어진 곳에서 그 모습을 보았다.

옆에는 마찬가지로 학생들을 보고 있는 엘비스가 있었다.

"……잭 군."

"응?"

갑자기 엘비스가 불러서 나는 시선을 돌렸다.

"난 정말로 놀랐어."

"뭐에?"

"시험 때. 나 말고도 2급 시험을 보고, 심지어 시합에 이기는 사람이 있을 줄은 몰랐거든."

"뭐야, 그게. 날 칭찬하는 건지 본인을 칭찬하는 건지 모르겠네."

"널 칭찬하는 거야."

엘비스는 살짝 웃고서 내 눈을 바라보았다.

"잭 군. 네가 보기에 나는 강해?"

엘비스 쿤츠 윈저는 강한가?

아는 사이가 되고 아직 하루도 채 지나지 않았다.

싸움을 본 것도 한 번뿐이고, 심지어 순식간이었다.

하지만 고민할 것도 없었다.

"—강해. 너는 틀림없이 강해."

너는 분명 눈앞에서 친구가 죽으려 하면 자기 몸을 돌보지 않고 도와주러 가겠지. 도와야 한다고, 돕고 싶다고 생각하면 분명 그대로 행동할 수 있을 것이다.

그런 심지가 있다. 이전의 나에게는 없었던 심지가.

게다가 아직 젊고, 어리고, 열린 미래가 있다. ……이게 강한 게 아니면 뭐겠는가. 내 안에서 들썩이는 선망이야말로 엘비스가 강하다는 가장 확실한 증명이었다…….

"그런가……. 조금 안심했어."

"안심?"

"응. ……정기적으로 확인해야 해. 내가 의무를 다하고 있는지……."

확인? 의무……?

엘비스의 말은 아마 본인만 이해할 수 있을 것이다. 나는 무슨 뜻인지 파악할 수 없었다.

"……그렇다면 엘비스."

"응?"

"네가 보기에 나는 강해?"

나는 조금 용기를 내서 그렇게 물어봤다.

이제 예전의 나는 없는가?

돕고 싶은 것을 돕고자 하는 인간이 되었는가?

대답해 줘— 최강의 천재 왕자, 엘비스 쿤츠 윈저.

"……강해."

엘비스는 확실하게 고했다.

"너는 강해, 잭 군."

그 말이 내 가슴속에 광광 울렸다…….

"……어때? 안심했어?"

"아니…… 전혀. 영 실감이 안 나."

라켈은 내가 강해졌다고 했다.

그걸 못 믿는 건 아니다. 그 말을 들었을 때는 그 말이 옳다고 가슴이 떨렸다.

하지만 그 충족감은…… 얼마 지나지 않아 금세…… 손으로 퍼낸 모래처럼 간단히…… 사라져 버렸다…….

나는— 정말로 강해졌을까?

그저 신에게 특혜를 받았을 뿐인, 아무것도 아닌 인간인 내가— 정말로 지키고 싶은 누군가를 지킬 수 있을 만큼 강해졌을까……?

"그럼 좋은 방법이 있어."

생각에 잠긴 내 의식을 엘비스가 깨웠다.

"네가 강하다고 한 나에게 이긴다면, 너는 틀림없이 강해."

지극히 단순한 그 논리 구조가, 광광거릴 뿐이었던 내 가슴에 쏙 들어왔다.

고개를 드니— 그곳에서.

천재 왕자 엘비스 쿤츠 윈저가 도전적으로 웃고 있었다.

"잭 군— 나와 너, 대체 누가 더 강할까?"

이때 나는 싫어도 이해했다.

나와 이 녀석은.

잭 리버와 엘비스 쿤츠 윈저는.

결코 격돌을 피할 수 없다는 것을.

모든 것은—.

자신의 강함을.

누구보다도 자신에게.

—증명하기 위해.

친목회 이튿날.

이번 시즌 급수전의 1회전 편성이 바로 발표되었다.

나와 엘비스의 대전 상대는 연상의 2급 학원생. 아젤레아도 연상의 3급생이었다.

각 급수 내에서만 편성되고, 우리 전투과 S반 외에는 2급과 3급 신입생이 없으니 여기까지는 당연한 결과였다.

하지만— 남은 두 명. 루비와 가웨인은—.

"……."

"……."

게시판에 붙은 편성표를 보자마자 루비와 가웨인은 한순간 시선을 마주쳤다.

하지만 말은 없었다.

평소 사사건건 일어나던 말다툼이 이때만큼은 일어나지 않았다.

그리고 두 사람은 정반대 방향으로 떠나갔다.

직전까지 두 사람의 시선이 집중됐던 곳에는 이렇게 적혀 있었다.

『3급 리그전 제1회전
제4투술장 제5시합
루비 버그슨 vs 가웨인 맥도넬』

태평하게 지낼 수 있는 건 오늘이 마지막이다.

학원장이 했던 말의 진정한 뜻을— 신입생들 모두가 곧 알게 된다.

급수전

제4투술장에는 많은 관객이 몰려들어 있었다.

하지만 급수 배정 시험 때와 달리 관객들은 전부 학원 관계자였다. 내빈은 한 명도 없었다.

루비와 가웨인을 제외한 전투과 S반 세 명과 필, 그리고 부담임인 라켈까지. 우리 다섯 명은 관객석의 가장 앞쪽에 있었다.

"설마 1회전부터 같은 반 학생끼리 붙일 줄이야……."

"리그전이니까. 안 붙는 게 어렵지."

아젤레아의 걱정 어린 중얼거림에 엘비스가 침착한 목소리로 대답했다.

지금부터 루비와 가웨인의 시합이 시작된다.

우리는 라켈에게 소집되어 수업의 일환으로 그 시합을 관전하게 되었다.

"……그나저나 신입생의 시합인데도 관객이 많네?"

나는 시합장을 둘러보고 말했다.

시합은 다른 투술장에서도 동시에 진행되고 있었다. 1급이나 2급 시합도 벌어지고 있을 텐데…….

"몇 년 만에 이뤄지는 S반 학생 간의 시합이라서 의외로 주목도는 높아."

라켈이 담담히 말했다.

"그리고…… 이 시합은 금년도에 처음으로 신입생이 출전하는 시합이니까."

……그렇다고 왜 주목도가 오르는 거지?

의문스러웠지만, 라켈은 그 이상 입을 열지 않았다.

『—자! 3급 리그전 제1회전, 다음은 주목되는 시합입니다! 몇 년 만에 배치된 전투과 S반! 거기 소속된 슈퍼 루키 간의 대결! 이 시합을 보려고 학원 전체에서 관객이 몰려들었습니다!!』

하늘에서 쾌활한 목소리가 들려왔다.

내빈도 있어서 분위기가 딱딱했던 실력 테스트와 달리 급수전은 실황 중계도 하는 것 같았다.

『저는 실황 중계를 맡은 제37기 지원과 B반의 에밀리 오하라입니다! 그리고 해설자는 바로 이분! 본교의 학원장이자 현역 최강의 정령술사! 제40기 전투과 S반의 담임도 맡고 계시는 툴라 클리즈 영세영왕이십니다!!』

『아~ 머리 아파……. 미안한데 목소리를 조금 작게 줄여 주겠느냐.』

『어라? 어딘가 몸이 안 좋으신가요?』

『아니, 어제 조금 과음해서 말이다. 흠, 뭔가 부끄러운 소리를 한 것도 같다만…….』

숙취냐. 벌써 저녁인데. 그리고 라켈한테 끝없이 남편

자랑을 해 댔던 일은 깔끔하게 잊어버린 듯했다.

『영왕께 묻겠습니다. 지금부터 싸울 루비 버그슨 3급과 가웨인 맥도넬 3급을 담임으로서 어떻게 생각하시나요?』

『흐음. 아무튼 버그슨은 무례하다. 아주 무례해. 스승과 판박이야.』

『스승이라면 호제아 버그슨 8단 말입니까?』

『「쓰레기 수거인 버그슨」이라고 부르는 족속도 있지. 그 녀석은 아무튼 귀족을 혐오하고 처세술이란 걸 모르는 남자였지만…… 정령술사로서의 실력은 확실해. 안 그랬다면 8단까지 오를 수 없지. 그리고 물론 재능을 보는 눈도 뛰어나다.』

『그럼 루비 버그슨 3급은 그 뛰어난 심미안이 인정한 다이아몬드 원석인 거군요!』

『그렇겠지. 그 녀석은 슬럼가의 꼬맹이를 대성시켜서 귀족이 인상 쓰도록 만드는 걸 삼시 세끼보다 좋아하니 말이다.』

루비의 스승은 성격이 아주 멋지구나…….

『그럼 가웨인 맥도넬 3급은 어떤가요?』

『예의는 있으나 융통성이 없어. 버그슨과는 정반대지만 스승과 판박이인 점은 똑같다.』

『「철의 장군」 덴홀름 바스테도 9단 말이군요! 현재 불과 네 명밖에 없는 9단 보유자 중 한 명입니다!』

정령술사계 최고의 칭호는 학원장이 30년이나 독점 중

인『영왕』이지만, 그에 버금가는 것이『9단』이다. 통상적인 단위전으로는 취득할 수 없고, 왕국에 뭔가 도움이 되는 공적을 올린 자에게만 주어졌다.

『그 녀석도 융통성이 없었지. 마침 내가 이 학원의 개혁을 진행 중일 때 교사로 있었는데 얼마나 말대꾸를 하던지. 전통이 어쩌고저쩌고 혈통이 어쩌고저쩌고…… 아아, 싫구나, 싫어.』

『저기…… 귀족 사회를 적으로 돌리는 발언은 삼가 주셨으면 하는데요…….』

『괜찮다, 괜찮아. 지금 대단한 사람인 양 으스대는 영감탱이들은 전부 코흘리개였을 때부터 아는 사이니까! 옛날이야기를 살짝만 꺼내도 바로 입을 다물 거다! 히히히히히!!』

우와…… 저 사람에게 약점 잡히면 평생 가는 건가……. 조심하자…….

『자! 이 이상 본교가 귀족들의 눈총을 받기 전에 진행하겠습니다!! 대전자 입장입니다!!』

원형 아레나의 양쪽 끝에 있는 문이 열리며 두 사람이 입장했다.

루비는 어제와 똑같이 개조 교복 차림이었지만, 가웨인은 갑옷을 입고서 방패와 검을 들고 있었다.

"우와~ 세 보여~ 단단해 보여~."

필이 가웨인의 모습을 보고 지극히 간결한 감상을 말했다.

장비만 보면 경장인 루비가 불리해 보였다. 하지만 정령술사의 싸움은 장비만으로 결정되지 않는다.

『자, 두 사람이 정해진 위치에서 마주 봅니다! 두 사람 모두 급수 배정 시험 때와 장비가 똑같군요.』

『항상 착용하는 장비겠지. 저 나이에 자신의 전법을 가지고 있다는 건 그것만으로도 대단한 일이다.』

하지만, 하고 학원장이 말을 이었다.

『과연 **그것만** 가지고 얼마나 싸울 수 있을까?』

시합 개시 시각이 다가왔다.

두 사람이 마주 선 투술장에 긴박감이 팽팽해졌다.

『시합— 개시입니다!!』

캐스터가 그렇게 알린 직후.

루비의 모습이 사라졌다.

"또!"

실력 테스트 때와 같았다. 눈을 떼지 않았을 텐데 모습을 놓쳤다……!

『버그슨 3급의 모습이 사라졌습니다! 영왕님, 이건 대체?!』

『뭔가 정령술을 쓴 거겠지. 아레나에서 나가면 실격이니, 보이지만 않을 뿐 어딘가에는 있을 것이다.』

학원장이 그렇게 성의 없는 해설을 하는 사이에 가웨인이 움직였다.

왼손에 들고 있던 방패를 바닥에 떨어뜨린 것이다.

직후— 방패가 액체로 변했다.

은색 젤리처럼 변한 방패가 아레나에 퍼져 나갔다.

『이건?! 맥도넬 3급이 떨어뜨린 방패가 녹아서 물처럼 퍼집니다! 대체 어떻게 된 걸까요!!』

『흠. 그렇군. 방패는 필요 없다고 봤나. 버려서 색적에 쓰려는 거겠지.』

『색적이요?』

『잘 봐라. —이미 걸렸느니라.』

학원장이 말한 대로였다.

녹아서 퍼진 은색 액체에 군데군데 발자국이 찍혀 있었다.

『아~! 그렇군요! 이제 모습을 감추더라도 발자국은 남는 거네요!』

『그 대가로 맥도넬 녀석은 자신의 정령술을 밝히게 됐지만 말이다.』

『쇠 방패— 즉, 금속의 액상화! 이건 정령 〈베리스〉의 금속을 조종하는 정령술【불요(不撓)의 주석(柱石)】인가요?!』

『십중팔구 그렇겠지. 만약 아니라면 대단한 책사다.』

루비의 발자국은 바닥에 퍼진 젤리 상태의 금속을 피해 달아나려고 했다.

가웨인은 그런 상황에 한층 쐐기를 박았다.

입고 있던 갑옷까지 액체로 바꾼 것이다.

방패의 몇 배는 되는 금속이 더 추가되어 아레나를 뒤덮

었다.

루비에게 도망칠 곳은 없었다.

『자! 버그슨 3급, 도망칠 곳이 없어졌습니다! 어떻게 할 것인가?!』

『당연히 공격하겠지. 맥도넬은 상대가 어디 있는지 찾아낸 대신 방어력을 대폭으로 잃었어.』

『그렇네요! 맥도넬 3급은 중장비를 거의 다 포기하여 지금은 교복과 검뿐입니다!』

해설 방송은 대전자들에게 들리지 않을 테지만, 정말로 학원장이 말한 대로 됐다.

루비의 발자국이 급속도로 가웨인에게 접근했다.

―빠르다.

마치 요리조리 뛰어다니는 생쥐 같았다. 가웨인의 거구와 저 큼직한 검으로는 도저히 이 속도를 잡을 수 없다……!!

투명해진 루비가 가웨인의 배후를 차지했다.

아마 급수 배정 시험 때도 썼던 단검을 들고 있을 것이다.

눈앞에 있는 가웨인의 등은 루비에게 절호의 사냥감일 것이 틀림없다……!

가웨인이 입은 교복의 등 쪽이 찢어졌다. 투명한 단검이 찌른 것이다.

……하지만.

『매, 맥도넬 3급, 건재합니다! 뒤에 있는 버그슨 3급을 잡으려고 했지만, 버그슨 3급, 간신히 피합니다!!』

"어, 어째서?! 방금 찔렀지?!"

아젤레아가 동요하여 외쳤다.

나는 손으로 입을 가리고 생각하며 말했다.

"……심장이 있는 곳을 찔렀어. 정말로 박혔다면 가웨인은 일격에 영력이 고갈됐을 거야."

"그, 그럼 어째서……."

"그러니까 안 박힌 거지. ……막힌 거야."

"뭐……?"

아젤레아가 눈을 깜빡였다. 무슨 소리인지 모르겠다는 얼굴이었다.

"지 군, 무슨 말이야? 교복 밑에 뭔가 입고 있다는 거야?"

"아니, 그런 것 같지는 않아. 하지만 교복 밑에 갑옷이 하나 더 있을 거야."

"갑옷이……?"

필과 아젤레아가 고개를 갸웃하는 가운데, 엘비스만큼은 다 안다는 얼굴로 고개를 끄덕였다.

"급수 배정 시험 때 눈치챘구나? 잭 군."

"그래. 눈치챘다기보다는 마음에 걸렸던 거지만."

"잠깐, 잠깐! 어떻게 된 거야?! 둘이서만 알지 말고 가르쳐 줘!"

아젤레아가 당장에라도 난동을 부릴 것 같았기에 어쩔

수 없이 설명했다.

"급수 배정 시험 때, 가웨인이 상대의 공격을 전부 정면으로 막았던 건 알고 있어?"

"그래. 방패와 갑옷이 바로 고쳐지는 게 보였어. 지금 생각해 보니 그건 금속을 조종하는 정령술로 한 거였구나."

"맞아. 방패와 갑옷이 바로 고쳐졌어. 하지만 그것만으로는 저 내구력을 설명할 수 없어. 갑옷과 투구는 몸을 보호해 주지만 충격까지 차단하지는 못하니까."

"……? 뭐, 그렇지. 아무리 튼튼한 투구를 써도 무거운 검으로 계속 쾅쾅 때리면 죽어 버려."

"그렇다면. 가웨인은 갑옷 밑에 충격 흡수용 갑옷을 더 입고 있다고 생각할 수밖에 없잖아."

"……???? 하지만 갑옷을 입은 것처럼 보이지는 않는다고 하지 않았어?"

아젤레아가 아직 납득하지 못한 것을 보고 엘비스가 끼어들었다.

"단순한 소거법이야. 현상을 보면 가웨인 군은 갑옷을 이중으로 입었어. 하지만 갑옷으로 보이는 건 어디에도 없지. ―그렇다면 생각할 수 있는 건 하나야. 가웨인 군은 갑옷을 입고 있는 게 아니야. 몸 자체가 갑옷인 거야."

"몸 자체가, 갑옷……?"

나는 엘비스에게 물었다.

"너도 보였어? 엘비스."

"눈은 좋은 편이거든. ―교복이 찢어졌을 때, 적갈색 비늘이 보였어."

"……비늘이라고요?!"

"물고기?"

아젤레아가 눈을 부릅떴고, 필이 어리둥절해하며 고개를 갸웃했다.

……뭐, 물고기라고 해도 아주 틀린 건 아니지만― 아젤레아 쪽은 확실하게 이해했다.

"비늘이 있는 인간…… 가웨인은 용인족이었던 거야?!"

용인족.

일찍이 용과 맺어진 인간들의 후예.

가장 큰 특징은 몸 곳곳에 비늘이 있다는 것이다.

"그래. 그것도 동룡의 핏줄일 거야. 동룡은 그 이름대로 구리 비늘을 가지고 있잖아?"

"맞아. 구리― 즉, 금속이야."

아젤레아는 작게「아!」하는 소리를 냈다.

"자신의 비늘을― 구리 비늘을, 금속을 조종하는【불요의 주석】을 써서 갑옷으로 바꾼 거야……?"

"비늘의 위치만 이동시킨 건지, 아니면 양을 늘린 건지는 모르겠지만 말이지."

"그야말로 재능(기프트)이야. 타고난 체질과 정령술이 이렇게까지 완벽하게 맞물리는 사람은 흔치 않아."

"진짜 반칙이란 말이지. 그 덕분에 가웨인의 갑옷에는 빈틈이 전혀 존재하지 않으니까."

"빈틈이 없는 갑옷이라니……. 그, 그런……!"

아레나에서는 똑같은 전개가 한동안 이어졌다.

모습을 감춘 루비가 요리조리 움직여서 공격을 가하지만 막히고.

가웨인이 루비를 잡으려 하지만 루비가 간신히 달아나고.

그러나 누가 보기에도 명백했다.

이 시합…… 어느 쪽에게 승산이 있는지, 어느 쪽에게 승산이 없는지.

"……이런 건…… 그저 상성이잖아!!"

아젤레아가 갑자기 벌떡 일어났다.

"그저 편성이 안 좋았을 뿐…… 운이 나빴을 뿐이야……! 처음부터 루비에게 승산 따위……!!"

"아젤레아."

담담한 목소리로 아젤레아를 부른 사람은 이제껏 조용히 시합을 보던 라켈이었다.

"라켈 선생님……?"

"너는 길드에 들어가고 현장에 나가서도 그렇게 말할 거야?"

"네……?"

라켈은 한마디 한마디 정중하게, 상대의 마음에 확실히 전해지도록 말을 자아냈다.

"상성이 안 좋으니까. 편성이 안 좋으니까. 운이 안 좋으니까. 일하러 가서 어려운 상대와 싸우게 되면 그렇게 말하며 얌전히 죽을 거야? 예를 들어— 너의 불꽃을 전부 없앨 수 있는【원어의 어수】사용자와 조우했을 때."

"그, 그건……."

급수 배정 시험 때, 아젤레아는 상성이 나쁠 터인 물 술사에게 압승했다. 하지만 그건 그저 아젤레아의 정령술 출력이 상대를 대폭으로 웃돌았기 때문이다.

『—이 시합을 보고 있는 신입생 제군은 슬슬 이런 생각을 하고 있겠지. 「이건 그저 상성이 나쁜 거잖아. 운이 안 좋았네」.』

방송을 통해 학원장이 웃음기 어린 목소리로 말했다.

『기뻐하려무나. **너희의 첫 시합에서도 똑같은 일이 일어날 거다**. 신입생이 첫 시합에서 승리할 확률은 매년 10퍼센트도 안 되니 말이다!』

『학원장님, 올해도 설명하지 않으신 건가요? 매년 있는 일이지만 심술궂으시네요.』

『몸소 배워야 아는 것도 있느니라. 이놈이고 저놈이고 많든 적든 꼬인 자존심을 가지고 있으니 말이다. 히히히!』

관객 일부가 술렁거렸다. 아마 전투과의 신입생들일 것

이다.

『신입생 제군! 너희는 이렇게까지 상성이 나쁜 상대와 만날 일은 흔치 않다고 생각하겠지. 하지만 안일해. 너무나도 안일한 생각이다. 정령술의 상성이 그렇게 나쁘지 않더라도 똑같은 일은 일어난다. 너희는 약점을 찔리고, 부족한 부분을 이용당하여, 아무것도 못 한 채 참패할 것이다! 왜냐하면! 너희가 입학한 그 순간부터 같은 급수에 속한 재학생은 너희를 관찰하고 있기 때문이다! 너희의 정령술을, 너희의 전법을, 해석하고, 분석하여, 공략법을 만들고 있기 때문이다! 보아라! 이 투술장에 모인 관객을! 대부분은 알아차리지 못했을 것이다. 오늘 이 시합을 보러 온 것은 대부분 첩보과 학생이다!!』

"어……?!"

아젤레아가 당황하여 주위를 둘러보았다.

물론 그런다고 구분이 될 리도 없었다.

누가 첩보과일지—.

누가 다른 학생의 정찰병인지 간단히 알 수 있을 리 없다.

『지피지기 백전불태. 옛 현자의 말이다. 너희는 각자의 스승 밑에서 「나를 아는 것」에 시간을 썼을 것이다. 물론 통상 수업에서는 우리 학원도 너희가 너희 자신의 힘을 알고 갈고닦는 것을 힘껏 지원한다. 하지만 이 급수전에서는 「적을 아는 것」을 배워야 할 것이다. 우리는 아무것도 하지 않는다. 너희 자신이 그 방법을 생각하는 거다. 이 학원의 전투과에 소속된 학생 대부분은 비공식적으로 첩보과나 지원과의 학생과 협력 관계를 맺고서 급수전에 임하고 있다. 그건 아마 너희가 이 학원에서의 생활로 상상했을 「강해지기」 위한 행동은 아니겠지. 구태여 말하겠다. 강한 건 당연하다! 그건 이 학원에서 당연한 스테이터스다!!』

꾸짖는 듯한 학원장의 목소리가 시험장에 울려 퍼졌다.

『너희는 자신의 강함을 발휘할 방법을 배워야 한다. 상대가 강함을 발휘하지 못하게 할 방법을 배워야 한다. 이기기 위해서. 1승이라도 더 얻어 0.01퍼센트라도 승률을 올리기 위해서. 그리고 1초라도 더 연명하기 위해서 말이다.』

수단을 가리지 말라고.

학원장은 말하는 것이다.

『적의 정보를 찾고, 대책을 세우고, 완벽하게 준비하여 시합에 임해라. 적이 대책을 세웠다면 그에 대한 대책을 세워라. 주위에 맞춰 변화해라. 멈춰 서지 마라. 계속해서 나아가라. 그러지 못하는 자는 이 학원에서 1년도 싸우지 못한다. 그렇기에. 신입생들이여— 너희는 1년 넘게 이 학원에서 싸워 온 선배들에게 참패하게 되는 것이다.』

눈앞에 보이는 것 같았다.

학원장이 그 앳된 얼굴에 기쁜 웃음을 머금고 있는 모습이.

『어제 학급 친목회가 있었을 것이다. 많은 이야기를 나

누었을 것이다. 우의를 맺은 자도 있을 것이다. 그러나 그 자들은 오늘부터 모두 적이다. 마음껏— 염탐하거라.』

이상한 분위기에 휩싸인 투술장 안에서 루비는 가웨인에게 참패했다.

계속 움직이느라 지치기 시작한 순간에 붙잡혀 바닥에 깔리고 목을 찔렸다.

승패가 갈린 요인은 명백했다.

가웨인은 루비의 전법을 분석하여 대책을 준비했다.

루비는 그것을 게을리했다.

—이것이 정령술 학원의 급수전, 그 본질.

정령술의 우열을 겨루는 것이 아니라, 얼마나 상대를 조사하고, 분석하고, 대책을 세우는가—.

즉.

치열한 정보전인 것이다.

대기실로 데리러 가니 루비는 의자에 주저앉아 고개를 숙이고 있었다.

"루비……."

"……미안."

아젤레아가 다가가서 말을 걸려고 했지만, 평소의 떠들썩한 모습과는 딴판인 목소리로 루비가 나직이 중얼거렸다.

"잠깐 혼자 있게 해 줄래……?"

그 이상은 아젤레아도 뭐라 말하지 못했다.

덜컹, 하는 소리가 났다.

같은 방에 있던 가웨인이 일어난 소리였다.

가웨인은 말없이 대기실을 나가려고 했다.

"가웨인!"

아젤레아가 부르자 가웨인은 발을 멈췄다.

그리고 고개 숙인 루비를 곁눈질했다.

하지만— 이때만큼은 평소처럼 빈정거리지 않고.

그대로 말없이 방을 떠났다.

우리도 루비를 혼자 두고 복도로 나왔다.

잠시 후 엘비스가 말했다.

"그럼 나도 이만 갈게."

"그래."

내가 가볍게 대답하자 엘비스는 혼자 떠났다.

이제 남은 것은 나와 필과 라켈, 그리고 아젤레아였다.

"……나도……."

급수 배정 시험 때 누구보다 눈에 띄고, 누구보다 자신감 넘쳤던 것이 거짓말처럼 느껴지는 작은 목소리였다.

"나도…… 오늘은, 이만."

"그래. 내일 보자."

"……잡지 않는구나."

조금 원망스럽다는 눈으로 나를 쏘아보았다.

"너는…… 알고 있었지? 처음부터…… 급수전에서 뭘 하면 되는지를."

"……뭐, 그렇지."

"그 친목회…… 나는…… 무척 즐거웠어. 또래 친구 같은 건…… 지금까지 전혀 없었으니까……. 라이벌이라고 생각했는데…… 모두 쓰러뜨려 주겠다고 불타올랐는데…… 그런 것도 전부 잊어버릴 만큼 즐거워서……."

아젤레아는 입을 앙다물고 울 것 같은 얼굴로 말했다.

"그랬는데…… 그랬는데…… 너는…… 아니, 엘비스 씨도, 가웨인도…… 그때 이미 나와 루비를 적으로 보고 있었던 거구나? 중요한 정보를 흘리진 않을지 기대하며 얘기했던 거구나?"

"……부정하진 않겠어."

내가 그렇게 말하자 아젤레아는 고개를 숙였다.

"남자는…… 그렇게, 담백하게……."

"성별은 관계없잖아. 다만…… 나는 강해지기 위해 이 학원에 왔어. 정령술사로 이름을 날리기 위해 왔어. ……너도 그렇잖아? 아젤레아. 모두 같은 목적일 거야."

"네 말은 옳아. 하지만……!"

아젤레아는 고개를 들려다가 옆으로 휙 돌렸다.
"……미안. 이런 말을 해 봤자 별수 없지."
"아젤레아…… 우리는 너와 루비를 싫어하는 게 아니야."
"알아. 알고 있어……."
그럼 갈게, 하고.
내게 얼굴을 돌리지 않은 채 아젤레아는 혼자 떠났다.
조금은 분위기를 파악했는지 필도 아젤레아를 욕하지 않았다.
"……어린아이에게는 잔혹한 시스템이야."
라켈이 불쑥 중얼거렸다.
……그러게.
매년 많은 퇴학생이 나온다는 것도 수긍이 됐다. 1년 내내 24시간, 같은 교실에서 공부하는 동료를 염탐해야만 하니까.
하지만 이런 생각도 들었다.
서로를 염탐하고, 현혹하고, 속이면서도, 친구로서 친하게 지낼 수 있다. 절대 양립 불가능한 일은 아니다.
"갈까? 필."
"응."
걷기 시작한 나와 필을 보고 라켈이 대수롭지 않게 물었다.
"그러고 보니 너희는 언제부터 편먹은 거야?"
대부분의 전투과 학생은 첩보과나 지원과의 학생과 협력

관계를 맺고 있다.

나와 필은 둘이서 장난스럽게 웃었다.

"글쎄?"

"언제부터였을까?"

일상적 암투

그 후, 나, 아젤레아, 엘비스의 1회전이 이어서 치러졌다.

내 대전 상대는 내가 급수 배정 시험 때 보였던 속도를 경계하여 포화 공격을 가했다. 하지만 내 정령술의 전모를 아직 파악하지 못했는지, 부유를 이용한 대미지 무효화 대책은 세우지 못한 상태였다. 공격 속을 돌진하여 단숨에 거리를 좁히고 상대를 관객석으로 날려서 승리했다.

……하지만 여기가 한계일 것이다. 몰라서 이길 수 있는 시간은 끝났다. 감이 좋은 사람이 슬슬 내 정령술이 【자립의 투익】이라는 것을 알아차릴 때다. 진짜 싸움은 다음 시합부터겠지…….

아젤레아는 처음에 고전했다.

급수 배정 시험을 본 사람이라면 아젤레아의 정령술 화력은 누구나 알고 있다. 그래서 대전 상대는 철저한 근접전을 선택했다.

그 정도 화력이면 섣불리 근거리에 날렸다간 자신까지 대미지를 입는다. ―그래, 예전의 **그 녀석**처럼. 하지만 같은 종류의 정령술이어도 세세한 사양에는 개인차가 있었다. 그래서 내가 아는 그 녀석처럼 아젤레아의 몸이 연료로 쓰이는지는 불명이었는데, 그걸 확인하는 의미에서도 당연한 선택이었다.

결론부터 말하자면 아젤레아는 근접전을 싫어했다. 반복해서 견제하며 상대가 다가오지 못하도록 애썼지만, 그건 상대방도 예습을 끝낸 상태였다. 능숙하게 피하고 거리를 좁혔다.

마지막에는 아젤레아가 반쯤 자폭 같은 공격을 날려서 간신히 상대만 영력 고갈 상태로 만드는 데 성공했다.

하지만 무혈진이 없는 상황을 가정하면 좋은 방법은 아니었다.

무혈진이 없었다면 분명 아젤레아는 온몸에 화상을 입었을 것이다. 그런 상태가 되어서도 태연하게 움직일 수 있는 것은 그 녀석 같은 망가진 인간뿐이다……. 급수전은 이겼지만, 싸움으로 보면 완전한 승리라고는 할 수 없었다.

그리고 엘비스는—.

『순식간입니다!! 중계할 새도 없었습니다!! 「천재 왕자」 엘비스 쿤츠 윈저 2급!! 상대가 초기 위치에서 한 발짝도 떼지 못하게 하고서 첫 시합을 승리로 장식했습니다!!』

아레나에는 또 원형 크레이터가 생겨나 있었다. ……2급 리그에서 싸우며 산전수전 다 겪은 베테랑도 아직 엘비스의 침하 공격의 정체를 파악하지 못한 것 같았다.

그래도 이번 상대는 한순간이지만 버텼다. 가라앉은 지면의 중앙에서 귀를 막으며 일어났다. 하지만 직후, 무릎을 꿇고 쓰러졌다.

"저 공격의 정체를 알아내지 못하면 나도 순식간에 끝나겠어."

"그러게. 다른 사람은 일단 뒤로 미루고 엘비스 군을 먼저 조사할래?"

"그러자. 다른 2급생의 데이터는 충분히 있잖아?"

"응. 『친구』를 통해 손에 들어올 거야."

첩보과에서 말하는 『친구』란 요컨대 정보 네트워크를 가리켰다.

필이 말하길, 첩보과는 첩보 활동으로 올린 성과가 그대로 성적이 된다고 했다. 콤비를 이룬 전투과 학생이 급수를 올리든, 정보를 팔아서 돈을 벌든, 형태는 따지지 않았다.

그 수단으로서 자신이 얻은 정보를 거래에 이용하기도 했고, 그 결과, 남들 눈에는 그저 친한 그룹으로 보이지만 얘기하면서 암호를 주고받는 일이 일상이었다.

그래서 친구 = 정보망이었다.

전투과보다 더 지내기 불편해 보이는 곳이다.

"뭣하면 내 정령술이 【자립의 투익】이라는 정보도 거래에 이용해도 돼. 2급 녀석들은 다들 알고 싶어 하겠지."

"그래도 돼?"

"내버려 둬도 알아서 퍼질 거야. 이제 거의 가치가 없는 정보야."

"그런데도 뒷받침하기 위해 확실한 정보를 원하는 거구나! 알았어. 그걸 미끼로 써서 최대한 뽑아내 볼게!"

필도 참 믿음직스러워졌다. 아직 아홉 살이란 걸 생각하면 너무 믿음직스럽다. 역시 첩보과 수석이다. ……좀 무섭다는 생각도 들지만.

나와 필은 투술장을 떠나며 주위의 떠들썩함에 섞여 드는 형태로 이야기를 나눴다.

"그보다도 문제는 엘비스야. 그 녀석과 붙기 전에 그 정령술의 정체를 파악하지 못한다면 도저히 이길 가망이 없어."

"〈방관하는 소란의 파이몬〉의 정보는 거의 없단 말이지. 겨우 찾아내도 뭔가 동화 같은 느낌이야."

"모호해?"

"좀 그래. 일단 〈파이몬〉은 분령이 없대. 그래서 술사는 모두 루스트야."

흠……. 분령이 없고 본령만 존재하는 정령은 몇 개체 있다고 들었다.

이를테면 모든 정령의 수장이라고 불리는 서열 1위 〈바알〉.

이를테면 지륜교에서 유일하게 『끔찍한 정령』으로 여기는 서열 32위 〈아스모데우스〉.

그리고 서열 9위 〈파이몬〉…….

"그리고 이유는 모르겠지만 〈파이몬〉은 왕족에게만 깃든대. 그리고 『왕이 되는 힘』을 준대."

“『왕이 되는 힘』?”

“아마 정령술일 거야. 이름은【쟁란의 왕권】.”

쟁란— 즉, 싸움을 왕처럼 지배할 수 있는 힘인가?

요컨대 전투에 특화된 정령술?

“……뭔가 확실하지 않네.”

“그치? 이 이상은 일부 사람만 들어갈 수 있는 자료실 같은 곳을 찾아봐야 할 것 같아.”

학원은 왕국의 귀중한 자료를 보관하고 연구하는 역할도 한다고 들었다. 하지만 그런 자료는 권한이 있어야만 열람할 수 있을 터다. 연구원으로 등록된 사람이나 일부 귀족도 열람 권한이 있을 테지만, 시골 영주인 아빠는 가능성이 거의 없다.

“그럼 자료는 나중으로 미뤄야겠네. 당장은 현장에서 조사할 수밖에 없겠어.”

“그렇지~.”

나와 필은 뒤를 힐끔 돌아보았다.

조금 전에 엘비스가 싸웠고 그 흔적이 새겨진 투술장을.

밤이 되고 나서, 나와 필은 다시 투술장을 찾았다.

목적은 엘비스가 바닥에 만든 크레이터였다. 그걸 조사해서 구체적으로 어떤 현상이 작용했는지 파악한다면 정령술의 정체에 대폭으로 가까워지게 된다.

"흠흠…… 그렇구나~."

필은 박쥐와 얘기하고 있었다.

박쥐에게는 반향 정위(에코로케이션)라는 능력이 있다. 초음파를 내고 돌아온 메아리를 통해 주변을 파악하는 능력이었다. 폭넓은 지각 범위와 속도를 가진 데다가 하늘을 자유롭게 날 수 있기에 필은 첩보 활동에 박쥐를 즐겨 썼다.

"안에 있는 경비원은 모두 자고 있대."

"뭐야, 근무 태만인가?"

"그게 아니라~."

……아아, 그런가. 선객이 있는 거구나.

"하긴, 내일이면 보수되어 버리니까……. 오늘 밤밖에 기회가 없다고 생각하는 건 다들 똑같나."

"아마 세 명 정도일까?"

"서두르자."

"응."

우리는 짙은 남색 외투로 몸을 감싸고 투술장에 숨어들었다.

손을 잡고 부유하면 발소리는 지울 수 있다. 모습은 남색 외투가 밤의 어둠에 동화시켜 줬다. 이 외투도 첩보과에서 받은 물건이라고 했다.

그리고 정찰을 박쥐에게 맡기면 어둠 속에서도 다른 사

람을 놓칠 염려가 없다. 투술장의 경비원에게 들킬 일은 없을 것이다.

문제는 잠입해 있는 다른 학생이었다. 조금이라도 엘비스의 정보를 얻고, 독점하고 싶어 하는 것은 다들 똑같다. ……최악에는 조우한 순간에 전투가 시작될 가능성도 있다. 학원에는 무혈진이 있어서 살상할 수 없지만, 포로로 잡는 건 가능하니까.

……일상적으로 이런 암투가 펼쳐지다니, 다시 생각해도 엄청난 학교다.

다행히 누구와도 맞닥뜨리지 않고 엘비스가 싸웠던 아레나의 입구까지 왔다.

날고 있는 모습을 누군가에게 보여 주고 싶지 않았기에 정령술을 해제하고 바닥으로 내려갔다.

"……안에는 아무도 없나 봐."

"없다고? 먼저 들어온 녀석이 세 명이나 있었잖아?"

"하지만 없어. 추월해 버린 걸까?"

그럴 리가 없다. 오는 길에는 정말 아무도 없었다. 추월할 수 있을 리 없다.

"……조심해, 필. 박쥐를 과신하지 마."

"응……!"

달빛이 은은히 내리는 원형 아레나— 그 전체를 둘러싼 관객석에는 사각지대가 얼마든지 있지만, 초음파를 쓰는 박쥐가 아무도 없다고 했다면 정말 아무도 없을 것이다. 그래도 우리는 모든 방향을 경계하며 신중하게 아레나의 중심으로 향했다.

엘비스가 뚫은 구멍은 출전자의 초기 위치에 있을 터다. 과연 어떤 힘이 작용하여 그런 현상이 일어났을까……. 마치 거대한 망치로 내려찍은 듯한 그런…….

"……어라?"

필이 의아한 목소리를 냈다.

필은 나보다 눈이 좋다. 그래서 먼저 눈치챈 것이다. — 내 눈에도 마침내 그 광경이 잡혔다.

그 말도 안 되는 광경이.

"……어째서……?!"

나는 깜짝 놀라 침음을 흘렸다.

엘비스가 뚫은 크레이터가 있었을 터인, 아무것도 없는 바닥 위에서.

없었다.

마치 아무 일도 없었던 것처럼— 낮에 우리가 본 싸움이 환상이기라도 했던 것처럼, 깨끗하게, 말끔히, 크레이터가 사라져 있었다.

"벌써 고쳐 버린 걸까……?"

"아니, 수복되는 건 내일일 거야. 급수 배정 시험 때도 그랬어……."

"그렇지? 그럼 왜—."

푹, 하는 충격만이 있었다.

"—어?"

나는 반사적으로 충격이 느껴진 쪽을 보았다.

발.

내 오른발이었다.

오른발의 발등에— 갑자기 단검이 나타나 있었다.

"지 군?!"

필이 눈을 부릅떴다. 나는 바로 이해하지 못했다. 아프지는 않았다. 무혈진의 효과였다. 하지만 대신 오른발에서 감각이 사라져 갔다……!

쑥, 하고 단검이 저절로 뽑혔다.

일순 허공에 뜬 그것은 유령처럼 어둠 속에 스르르 녹아내렸다.

—누군가가 있다……!!

"큭……!"

나는 주위로 팔을 휘저었다. 하지만 손을 허공을 할퀼 뿐이었다.

아무도 없었다. 하지만 분명하게 누군가가 있다!

"으악!"

발뒤꿈치에 충격이 가해져서 나도 모르게 무릎을 꿇었다. 아킬레스건을 베였다……!

"지 군! 괜찮아……?!"

"그래…… 아프진 않아. 부위 영력이 고갈됐을 뿐이야……."

제일 먼저 발을 못 쓰게 만들었다. 내 속도를 경계했나.

필은 뺨을 부풀리고서 주변의 어둠에 대고 외쳤다.

"뭘 하고 싶은 거야?! 이렇게 해서 지 군한테 이겨 봤자 의미 없어!"

영력은 한동안 쉬면 회복된다. 시합도 아닌데 기습해 봤자 의미는 없다. 그러니까 이건 내게서 일시적으로 전투 능력을 빼앗는 게 목적인 공격이었다. 즉, 이 투명 인간의 목적은—.

"—발소리가 안 들리네."

난데없는 내 중얼거림에 필이 의아해하며 고개를 갸웃했다.

"너의 정령술이 투명 인간이 되는 거라면…… 약간이라도 발소리가 날 거야. 즉, 너는 자타의 물리적 간섭을 완전히 투과해. 통과시켜. 내 발을 찌른 순간, 단검이 눈에 보인 게 그 증거야……."

박쥐의 반향 정위에 모습이 걸리지 않은 것도 방증이 된다. 아마 이 상대는 투명해지면 온갖 간섭을 받지 않는 대신, 자신도 간섭할 수 없는 것이다. —그렇다면.

"이상하네. ―그럼 너는 왜 오늘 시합에서 발자국을 드러냈지?"

"어?"

아직도 모르겠어? 필. ―투명 인간이 되는 힘이라면 오늘 봤잖아?

"모든 것을 통과할 수 있다면 가웨인이 녹인 금속도 통과할 수 있었을 터― 발자국 같은 게 생길 리 없어. 네가 의도적으로 발 주변의 정령술을 해제하지 않는다면 말이야. 물론 굳이 발자국을 남길 이유는 없었겠지. 즉, 그럴 수밖에 없는 상황이었던 거야. ―안 그러면 발자국을 드러내는 것보다도 훨씬 불리한 상황이 될 우려가 있었어."

나는 고개를 들고 그 녀석이 숨은 어둠을 향해 말했다.

"―젖는 게 싫었던 거지? 루비. 【홑겹의 안계(贗界)】는 수분이 약점이라고 하니까."

정령 〈오세〉의 정령술【홑겹의 안계】.

한마디로 설명하기는 어렵지만, 『가짜 세계』를 만들어 내는 힘이라고 한다. 천 같은 것을 만들어서 거기에 임의의 영상을 투영하고, 그걸로 감싼 공간을 영상대로 만드는 것이다.

예를 들어― 말끔한 바닥을 투영한 천으로 크레이터 위에 덮으면 구멍 따위 없는 것처럼 보인다. 게다가 만지거나 올라가도 구멍을 눈치챌 수 없다. 현대풍으로 말하자면 만질 수 있는 증강(AR) 현실이라고 할까.

"……나 원 참, 적당히 좀 까발리지? 누가 듣고 있을지 모르니까 말이야."

목소리가 들렸다.

그러고 나서 스르르 스며 나오듯 한 소녀가 나타났다.

도발적으로 배꼽을 드러낸 교복과 큼직한 베레모— 지금은 그 위에 우리도 입고 있는 남색 외투를 걸치고 있었다.

루비 버그슨.

내 클래스메이트는 업신여기듯 입술을 비틀고서 무릎 꿇은 나를 내려다보았다.

"—대단하네. 통찰력이라고 하나? 너라면 내가 왜 여기서 기다리고 있는지 그 이유도 알 것 같은데?"

"뭐, 그렇지. 예상은 가."

"흐응~ 말해 봐."

"……날 공격해 봤자 일시적으로 전투력을 빼앗을 뿐이야. 그런데도 공격해야만 했던 건 정면으로 나와 싸워서 이길 자신이 없어서겠지."

"엄청난 자신감이네, 도련님."

"틀렸어. 너한테 자신감이 없는 거야, 루비. 너도 알잖아?"

루비는 눈을 가늘게 뜨고서 침묵했다.

루비를 신경 써서 일부러 더 말하지 않았는데, 옆에서 필이 「아, 그렇구나!」 하고 손뼉 치더니 천진난만하게 말했다.

"낮에 있었던 시합에서 져서 자신감이 떨어졌구나!"

"……야, 필."

"흐에? 왜? 지 군?"

눈치 좀 기르자. 너 첩보과잖아.

루비는 「하!」 하고 코웃음 치고서 어깨를 으쓱였다.

"괜찮아. 사실이니까. 확실히 지금 나는 자신감이 없어. 너뿐만 아니라 누구와 싸우든 질 것 같은 기분이야."

"전혀 그렇게 안 보이는데."

"우울해할 시간은 없으니까. 그래서 지금 필사적으로 생각하고 있어. —어떻게 하면 이길 수 있을지. 내 패인은 뭐였는지……. 결국 준비를 게을리해서야. 능력이라고는 그것밖에 없으면서, 슬럼가에서 기른 약삭빠름을 활용하지 않아서야."

"그래서 얘기를 나누려고? 내 전투력을 일시적으로 빼앗을 목적은 그것밖에 없잖아."

"조금 달라. —거래를 하려고."

루비는 한쪽 무릎을 꿇고 앉았다.

그리고 도발적으로 웃었다.

"자, 밑천을 보여 줘, 도련님. 어쨌든 나한테는 네가 간절히 원하는 천금 같은 정보가 있거든."

월하의 거래

조용히 내리는 달빛 아래에서 남색 외투를 걸친 소녀 한 명이 한쪽 무릎을 꿇고 나를 보았다.

값을 매기는 듯한 시선이었다. 하지만 오만한 눈빛은 아니었다. —오히려 다친 짐승이 살아남을 방법을 신중하게 찾는 듯한 그런 눈빛이었다.

……어울려 줄 수밖에 없겠지.

내 목적은 엘비스의 정령술이 남긴 흔적을 조사하는 것이다. 그건 틀림없이 루비의 정령술인【홑겹의 안계】에 의해 가려져 있다. —약점인 물을 끼얹으면 나타날 테지만, 한쪽 발을 못 쓰는 이 상황에 그걸 실행하기는 어렵다. 전투원이 아닌 필도 마찬가지다.

상대의 페이스에 말렸음을 자각하면서도 나는 루비의 정면에 앉았다. 나를 따라 필도 다리를 W자로 만들어 털썩 앉았다.

"……뭘 원하는데?"

내가 단도직입적으로 묻자 루비는 입꼬리를 올렸다.

"긴말 안 해도 돼서 좋네. 답례로 나도 심플하게 요구하기로 할까. —내가 원하는 건 두 가지야. 너의 지혜와 거기 있는 사매."

"나?"

고개를 갸웃하는 필에게 루비가 말했다.

"나는 첩보과와 연줄이 없거든. 앞으로 급수전을 헤쳐 나가려면 첩보과의 협력이 불가결해. 첩보과 A반인 너는 그런 내게 안성맞춤인 거지. 안 그래?"

"……기간은? 나와의 콤비를 해제하라는 거라면 들어줄 수 없어."

"그런 거창한 얘기는 아니야. 내 목적은 첩보과와 연줄을 만드는 거야. 귀여운 사매를 너한테서 뺏을 생각은 없어."

나는 잠시 묵고했다. 무리한 조건은 아니다. ―하지만 조금 불공평한 조건이긴 했다.

"이대로라면 그 거래는 성립하지 않아."

쇠처럼 단단한 루비의 미소를 보며 나는 고했다.

"루비, 패를 밝혀. 네가 정말로 엘비스의 정보를 가지고 있는지, 나로서는 판단할 수 없어."

강력한 패를 들고 있는 척했지만 사실은 블러핑일 수도 있다.

루비의 정령술이라면 확실히 크레이터를 가릴 수 있을 것이다. 하지만 그렇다고 해서 먼저 온 다른 누군가가 공작했을 가능성이 부정되는 건 아니다. 루비는 거기에 편승하여 그저 뻔뻔하게 장사하고 있는 걸지도 모른다.

"그건 들어줄 수 없겠는데."

루비는 표정을 바꾸지 않고 대답했다.

"너도 알잖아? 내가 가진 패는 이 자리에서만 유효하지만, 네가 가진 패는 나중에 효과가 나타나는 종류야. 내가 먼저 패를 공개했는데 네가 약속을 파기할 수도 있잖아."

"……그렇지."

"그러니까 미안하지만 증명할 수는 없어. 네가 클래스메이트를 믿어 줄 수밖에."

참 얄팍한 대사다. 얄팍하지만…… 하고자 하는 말은 전해졌다.

즉, 이런 뜻이지? 루비.

지금 이 상황에서 내가 가장 이익을 볼 방법은 하나다.

네가 숨겼다는 크레이터를 자력으로 찾아내는 것.

그러면 네 요구를 들어줄 필요가 없어진다. 이상적인 결과라고 할 수 있다.

"……."

"……."

알고 있구나?

루비의 웃음을 보고 나는 그렇게 판단했다.

그렇군…… 이 거래는 그런 게임인 모양이다.

나는 루비에게 안 보이도록 뒤로 손을 돌려서 엉덩이 밑에 깔린 돌바닥을 만졌다.

……할 수 있을까?

내【자립의 투익】은 신체와 접촉한 것을 부유시키는 힘이다. 하지만 사실 이 『신체와 접촉한 것』이라는 정의가 애매해서, 어디까지 접촉으로 판정되는지는 때에 따라 달랐다.

궁극적으로 말해서 손으로 땅을 짚으면 나는 이 대륙과 접촉한 것이니 대륙 자체를 부유시킬 수 있어야 한다. 하지만 한편으로 대륙이 아니라 흙 알갱이 하나와 접촉했을 뿐이라고 해석할 수도 있었다. 그러면 부유시킬 수 있는 것은 손끝에 묻은 약간의 흙뿐이다.

이 정의는 정령술에 대한 이해가 깊어질수록 확대되는 경향이 있었다. 언젠가는 정말로 섬 정도는 띄울 수 있을지도 모른다. —하지만 지금 이 상황에서 중요한 것은 이 아레나의 돌바닥을 전부 효과 범위에 넣을 수 있느냐였다.

엘비스가 만든 크레이터는【홑겹의 안계】로 덮여 있을 뿐이다.

그렇다면— 아레나의 돌바닥을 통째로 띄운다면 가려진 구멍이 드러날 터.

지금 내 능력으로 특정 돌바닥만 골라서 부유시키기는 어렵다. 할 거면 전부 해야 한다. 루비에게 내 힘을 일부 보여 주게 되겠지만—.

"—띄우려고?"

마주 앉은 루비가 도발적으로 웃으며 말했다.

"【자립의 투익】이지? 조사했어. 그것도 출력이 꽤 높아서—

이 아레나의 돌바닥 정도는 전부 띄울 수 있지 않을까?"

"……설마. 그런 일을 어떻게 해?"

"글쎄. —휘둘린 검을 막고 피부가 베이기 전에 부유시키는 녀석이라면 그 정도는 할 수 있을 것 같은데."

어둠 속에서 금색 눈이 꿰뚫듯 나를 응시했다.

"해 봐. 그러면 목적은 달성이잖아?"

루비에게는 뭔가 방책이 있다.

그건 명백했다.

하지만— 그렇기에.

"—발밑을 조심해."

모든 돌바닥을 일제히 부유시켰다.

나와 필, 루비가 앉아 있는 곳만 예외였다. 그곳을 제외한 모든 돌바닥이 비눗방울처럼 허공에 둥실 떠올랐다.

돌바닥 아래에는 흙이 있었다. 갈색 지면이 드러났고—.

"오오~ 굉장해~ 굉장해~ 이거 장관이네!"

루비는 웃으며 손뼉 치고 나서 고개를 갸웃했다.

"……그래서? 원하는 건 찾았어?"

나와 필은 침묵했다.

말도 안 되는 광경이 펼쳐졌기 때문이다.

드러난 지면에는—.

구멍 따위 한 개도 없었다.

여우에게 홀린 기분이었다.

【홑겹의 안계】로 덮어서 가렸다. ―그렇게 해석했기에 오늘 낮에 생긴 크레이터가 사라진 것을 납득할 수 있었다. 그런데 실제로는 어떠한가……? 【안계】를 제거했을 터인 곳에 크레이터 따위 어디에도 없었다.

그리고 부유시킨 돌바닥도 묘했다.

깨진 곳이 없었다.

한 장도 빠짐없이 전부 갖춰져 있었다. ―낮에 엘비스가 일부를 부쉈을 텐데도!

"어? 어? 지 군, 어떻게 된 거야? 【홑겹의 안계】는 그저 『영상』이잖아? 안에 있는 걸 밖으로 꺼낼 수 있어?"

"그럴 리가……. 그런 만능 정령술이 어디 있어? 만약 그렇다면, 극단적으로 말해서 인간을 투영하면 무에서 인간을 창조할 수 있게?"

루비는 히죽히죽 웃을 뿐, 아무 말도 하지 않았다.

【홑겹의 안계】가 만든 가짜 돌바닥이 그대로 허공에 떠 있는 건 아니었다. 영상이 실체를 지니고서 밖으로 나올 리가 없고, 애초에 내 정령술의 대상이 아닐 터다.

나는 띄웠던 돌바닥을 원래대로 되돌렸다. 퍼즐처럼 전부 딱 들어맞았다.

없었다.

크레이터 따위, 처음부터 없었다. ……현실은 그렇게 주장하고 있었다.

"……루비, 한 번 더 물을게. 엘비스가 만든 구멍은 네가 감춘 거지?"

"맞아."

"그건 이 아레나 안에 있는 거고?"

"물론이지. 안 그러면 너한테 보수를 못 주잖아?"

"정말로?"

"거짓말은 안 해. 그것만큼은 맹세해."

루비는 마치 게임이라도 하는 것 같았다. 말하자면 엘비스의 정보를 상품으로 건 보물찾기 게임이었다.

루비는 말했다.

크레이터는 자신이 숨겼다. 그건 이 아레나 안에 있다.

루비를 게임 마스터로 신용한다면…… 크레이터는 실재한다. 우리의 눈에 보이지 않을 뿐…….

"……목적이 뭐야? 그렇게 도발해서 우리가 정말로 찾아내면 어쩌려고? 너의 카드가 없어지는 거야."

"그러면, 으음— 몸이라도 바칠까?"

"뭐?", "우우!"

내가 얼떨떨해하고 필이 경계하자 루비는 짓궂게 이히히 웃었다.

"물론 야한 의미로 한 말은 아니야. 모두가 원하는 정보를 누구보다도 빨리 독점해 낸 나의 능력을 빌려주겠다는 거지. 그러면 너희가 거래를 파기하더라도 나 역시 협력을 그만두기만 하면 되니까."

……이쪽이 진짜 목적인가?

엘비스의 정보는 그저 미끼다. ―우리와 상호 협력 관계를 맺는 것이 루비의 진짜 목적일지도 모른다.

"확실히 네 정령술이라면 첩보도 가능하겠지만……."

"안 돼, 안 돼! 지 군의 콤비는 나란 말이야!"

"그래그래, 잠깐만 조용히 있자."

"우우~!!"

뭔가 역린을 건드린 듯한 필의 입을 막으며 나는 계속 생각했다.

우리와 협력 관계를 맺으면 루비는 무슨 이득을 보지? 필을 경유하여 첩보과의 정보망을 손에 넣는 것? 아니, 그건 필의 재량에 달린 일이다. 이 만만치 않은 소녀가 그렇게 타인에게 다 맡기는 일을 할까?

……잘 생각해 보자. 루비는 아마 우리 말고 다른 사람들에게도 비슷한 얘기를 꺼냈을 거다. 먼저 왔을 터인 세 사람의 모습이 보이지 않는 것이 그 증거다. ―즉, 루비는 우리의 전속 스파이가 되려는 게 아니다. 불특정 다수의 스파이가 되려는 건가……? 소위 말하는 다중 스파이. 그러면 어떻게 될까. 교내에서 루비의 위치는―.

애초에.

어째서 평범하게 첩보과 학생과 콤비가 되려고 안 하는 거지?

아니, 근본적으로.

—이토록 첩보에 적합한 힘을 가졌으면서 왜 전투과로 입학한 거지?

"……그런가."

내 안에서 한 가지 해석이 형태를 이뤘다.

"루비— 너는 혼자 싸우고 싶은 거야?"

질문을 던지자 루비의 눈썹이 꿈틀거렸다.

"이봐. 난데없이 무슨 소리야?"

"네 마음을 생각해 봤어. 왜 첩보과 학생과 콤비를 맺지 않고 다중 스파이 짓을 하려고 하는지. —콤비를 맺지 않는 이점을 생각하면 이유는 하나뿐이지."

"흐응. 후학을 위해 가르쳐 줄래?"

"콤비에게 배신당할 염려가 없어."

루비는 웃으며 침묵했다.

나한테는 마침 필이 있었다. 하지만 대부분의 학생은 이 학원에서 처음 만난 낯선 누군가와 콤비를 짜게 된다.

물론 성적은 콤비가 일련탁생이니까 배신해 봤자 좋은 점은 거의 없다.

그러나 가능성은 완전히 버릴 수 없다. 매수, 협박, 인간을 변심시킬 방법 같은 건 얼마든지 있다. 그게 싫어서 전투도 첩보도 전부 혼자 하고 싶다고 생각하는 것은 결코 이상한 일이 아니다…….

"너의 진짜 목적은 첩보과가 아닌 자신의 존재를 교내 정보망 내에서 키우는 거지? 우리의 힘을 빌리고 싶다는 건 그걸 위한 구실일 뿐이야."

그래서 자신의 요구를 들어주지 않아도 딱히 상관없었던 거다.

쓸모 있게 이용당하기만 하더라도, 그『쓸모』에서 나오는 신용이야말로 루비가 무엇보다도 원하는 것이다.

급수전을 혼자서 싸워 나가기 위한 최소한의 조건이니까.

"……제법이잖아."

큼직한 베레모 안으로 손을 집어넣어 머리를 벅벅 긁으며 루비가 말했다.

"거기까지 간파한 사람은 네가 처음이야. 솔직히 감탄했어."

"가시밭길일 거야. 전투과 시합에 쫓기며 다중 스파이라니."

"딱히 달라질 것도 없어."

루비는 작게 어깨를 으쓱이고서 시니컬하게 입술을 비틀었다.

"지저분한 슬럼가에서 나는 혼자 살아왔어. 여기서도 똑같이 사는 거지. 그저 그뿐이야, 도련님."

"……그런가."

그렇다면 내가 이러쿵저러쿵 말할 일은 아니다.

"그 얘기를 듣고 확실해졌어."

"뭐가?"

"엘비스가 만든 구멍이 어디 있는지."

"……뭐라고?"

나는 루비를 가리켰다.

정확히는 루비가 걸치고 있는 남색 외투를.

"그 외투, 어둠 속에 몸을 숨기기 위한 거지?"

"맞아. 너희도 입고 있잖아."

"네가 혼자 싸울 생각이라면 그런 건 필요 없어. 너는 투명해질 수 있으니까."

루비는 조용히 입꼬리를 올렸다.

"그래서?"

"【홑겹의 안계】를 이용한 투명화는 동료에게도 안 보인다는 게 결점이야. 경우에 따라서는 말도 안 통해. 아군과 정보를 공유할 수 없어. —그게 싫으면 그 외투를 입겠지. 하지만 방금 네 얘기를 들어 보니, 너는 누군가와 함께 행동할 마음이 없어. 지금도 다른 아군은 한 명도 없어."

즉, 하고 나는 말을 이었다.

"그 외투는 그저 위장이야."

루비가 계속 웃고 있는 가운데, 옆에서 필이 고개를 갸웃했다.

"위장? 그게 무슨 말이야?"

"기억하지? 필. 엘비스는 대전 상대가 초기 위치에서 한 발짝도 떼지 못하게 했어."

"응. 순식간이었지~."

"요컨대 엘비스가 그 수수께끼의 공격을 가할 장소는 사전에 예상할 수 있었던 거야."

개시 직후의 속공. 급수 배정 시험을 봤다면 누구나 예상할 수 있다. 엘비스가 또 초기 위치에 있는 상대를 뭉개버리지 않을까 하고.

"그렇다면— 그곳에 미리 【홑겹의 안계】를 깔아 두는 건 간단하잖아."

"아!"

필이 입을 벌리고서 짝 손뼉을 쳤다.

【홑겹의 안계】는 단순한 영상이 아니라 가짜 세계를 만드는 정령술이다. 안에서 물건을 꺼낼 수는 없어도 밖에서 가해진 힘을 반영할 수는 있을 터. 투명한【안계】로 사물을 투과시키는 것과 본질적으로는 다르지 않다.

루비는【홑겹의 안계】를 엘비스와 싸울 상대의 초기 위치에 미리 깔아 뒀다. 거기에 가해지는 엘비스의 공격을 마치 탁본을 뜨듯 찍어 내기 위해. 그리고 그 뒷면을 짙은 남색으로 물들이면—.

"그 외투지? 네가 숨긴, 엘비스가 만든 구멍."

루비는 줄곧 몸에 두르고 있었던 거다. 자신이 쥔 비장의 카드를.

루비는 입꼬리를 씩 올렸다.

그리고 외투의 끄트머리를 잡더니—.

"정답."

—호기롭게 벗어 던졌다.

바닥에 펼쳐진 그것에, 가라앉듯 뚫린 크레이터가 있었다.

"이 정도일 줄은 몰랐어. 자력으로 이걸 간파한 사람은 네가 처음이야."

"그야 생각도 못 하겠지. 아레나에 정령술을 설치하는 건 중대한 규칙 위반이야."

"설치? 뭔 말인지 모르겠네~."

……뭐, 안 들키면 장땡인가. 이 학원은 이런 편법도 장려할 것 같고.

"그럼 이제 우리한테 협력해 주는 건가?"

"너희가 허락해 준다면. 말해 두는데, 나는 내 생각밖에 안 해. 배신할지도 몰라~."

"믿어. 클래스메이트잖아?"

나는 아까 루비가 했던 말을 흉내 내어 얄팍한 말을 꺼냈다.

루비는 얼떨떨한 표정을 짓는가 싶더니.

"……크하. 크하하하하하. 크하하하하하하하하하하……!!"

얼굴을 가리고서 웃음을 터뜨렸다. 아무래도 농담이 마음에 든 것 같았다.

킥킥하고 웃음의 잔재를 지우며 루비는 금색 눈으로 나를 보았다.

"……너 역시 재미있네. 진짜 귀족 맞아?"

"집에서는 어엿한 도련님이야."

"하하! ……오케이. 거래 성립이야!"

루비는 벌떡 일어나 내게 손을 내밀었다.

"앞으로 잘 부탁해, 잭. 그리고 필."

"싫어요."

……하고, 즉각 대답하는 목소리를 듣고 나와 루비는 뒤늦게 돌아보았다.

필이 뚱하게 입술을 삐죽 내밀고 있었다.

""……허?""

"싫다고요! 협력 따위 안 할 거예요!"

아아아아아! 왜 여기서 떼를 쓰는 거야!!

"저기…… 필 씨?"

"흥이다. 나 말고 다른 애랑 편먹으려고 하는 지 군 따위 난 몰라."

"어쩌라는 거야……."

모처럼 이야기가 잘 정리될 것 같았는데……. 필은 토라지면 고집스럽단 말이지…….

난감해하고 있으니 고개를 팩 돌렸던 필이 곁눈질로 내 얼굴을 힐끔 보았다.

"꼭 그래야겠다면 조건이 하나 있어!"

"조건?"

"지금 여기서 나랑 뽀뽀해 주면 저 아이한테도 협력해 줄게!"

……어? 지금 여기서?

나는 바로 옆에 루비가 있음을 확인하고 다시 필을 보았다.

"지금…… 여기서?"

"응. 자, 얼른."

필은 눈을 감고 살짝 턱을 들어 기다리는 자세에 들어갔다.

진짜?

……이건 진짜다.

나는 어색하게 루비를 보았다.

"미, 미안…… 잠시만 기다려 줘."

"그, 그래."

망설였다.

……이거, 안 하면 무조건 기분이 상하겠지……? 으음…….

……아무리 고민해 봐도 결국 답은 하나밖에 없었다.

도망칠 길 같은 건 처음부터 없었다.

등에 팔을 두르자 필이 몸을 붙여 왔다. 조르듯이 내 옷을 잡고 입술을 가까이 가져오며 가볍게 고개를 기울였다.

……익숙해졌구나. 아직 아홉 살인데. 그, 뭐냐, 내 탓이긴 하지만…….

나는 눈을 감고 입술을 가볍게 맞댔다. 부드러운 감촉과 함께 평소와 같은 필의 맛이 났다.

"오오……!"

감탄하는 루비의 목소리가 들렸다. 아~ 젠장, 무지막지하게 창피해!!

……밤이라 다행이다. 만약 밤이 아니었다면 새빨개진 얼굴까지 루비에게 보여 줄 뻔했다.

"후후후~♪."

필이 기쁘게 웃는가 싶더니 내 팔을 껴안고서 루비를 보며 의기양양한 표정을 지었다.

루비는 어이없다는 듯 쓴웃음을 지었다.

"아~ 그래그래. 알았어. 사랑하는 지 군한테는 손 안 댈게. 그럼 됐지?"

"알면 됐고!"

필은 아까와는 딴판으로 기분이 좋아졌다.

"그럼 클래스메이트의 농후한 러브신도 다 봤으니."

"다른 애들한테는 말하지 마, 진짜로……."

"알았다니까. ……이런 좋은 놀림감을 간단히 포기할 리

없잖아?"

으아아아아! 양아치한테 삥 뜯길 거야아아아아아!

"뭐, 그 전에. 오늘 밤의 메인 이벤트를 얼른 끝내자고."

"자, 마음껏 조사해. 먼저 왔던 다른 녀석들은 특별히 수확이 없었던 것 같지만 말이지."

루비가 바닥에 깐【홑겹의 안계】— 엘비스가 뚫은 크레이터 옆에서 말했다.

나와 필은 그것을 들여다보고「호오~」하고 감탄했다.

"신기하네……. 아까까지 단순한 외투였는데."

"와~! 손이 들어가, 지 군!"

필은 크레이터에 손을 넣고 까불었다.

바닥에 깔리는 순간을 보지 않았다면 처음부터 거기 있었다고 여겼을 것이다. 가짜 세계—『안계』라는 말이 딱 맞았다.

"『안계막』이라고 하는 것 같아. 자세히는 말해 줄 수 없지만."

"이해해. 우리도 정령술 정보는 간단히 말해 주지 않을 거야."

나와 필은 둥글게 가라앉은 바닥을 다시금 내려다보았다.

"……이상하게 파였다고 생각은 했지만, 가까이서 보니

까 명백하네."

"한가운데부터 끝부분까지 깊이가 똑같아. 뭔가 무거운 물건을 줄~곧 놓아둔 자국 같아."

아아, 그렇게 표현하니 쉽게 이해가 갔다. 멀리서 봤을 때는 커다란 해머로 내리찍은 것 같다고 생각했지만, 이렇게 보니 방바닥에 장롱 같은 걸 놓아둔 자국에 가까웠다.

"무거운 물건이라…… 그런 건 어디에도 없었는데."

루비가 주위를 둘러보며 말했다.

확실히 엘비스의 시합을 봤던 어느 누구도 그런 물건을 보지 못했다.

하지만…… 있었던 거다.

이곳에 흔적이 남아 있는 이상, 엘비스가 공격하던 그 순간, 격렬하게 무거운 무언가가 확실하게 존재했다…….

나는 일어나서 밤하늘을 올려다보았다.

하늘을 가득 수놓은 별들이 반짝반짝 빛나고 있었다.

"……공기야."

"응?"

나는 필을 보았다.

"필. 너 산 위에 간 적 있지?"

"어? 으음……."

"그때 말이야. 네가 졸라서 내 정령술로 산보다 높이 날았었잖아."

“……아! 맞아, 응응!”
“그때 귀가 어떻게 됐는지 기억나?”
“기억나~ 뭔가 먹먹했어.”
“바로 그거야. 주위의 기압이 바뀌면 그렇게 돼.”
“……난데없이 무슨 얘길 하는 거야?”
루비가 의아한 표정을 지었다.
“루비. 오늘 시합 때 대전 상대가 엘비스의 공격을 한순간 버틴 건 봤어?”
“봤어. 굉장하다고 생각했지.”
“그때 손으로 귀를 막은 건 눈치챘어?”
“그러고 보니…… 그랬어. 방금 말한 기압? 이란 거랑 그게 관계있는 거야?”
“기압이란 건, 음, 공기의 무게야. 공기는 무게가 없을 것 같지만 실은 아주 약간 있어서, 모이면 그럭저럭 무게가 나가. 지금 이러고 있는 동안에도 우리는 위에 있는 공기의 무게를 전부 짊어지고 있어. 그리고 당연하게도 그건 하늘과 가까워질수록 가벼워져. 짊어지는 공기가 적어지니까.”
나는 하늘을 가리켰다.
“우리의 몸은 기본적으로 이렇게 지상에 있을 때 쾌적하게 지낼 수 있도록 조정되어 있어. 그래서 높은 산에 오르거나 기압이 낮은 곳에 가면 몸이 반응해. 알기 쉬운 게 귀야. 귓속에는 고막이 있고, 안팎으로 똑같은 힘이 고막을

밀고 있거든. 바깥쪽에서 공기가— 기압이 고막을 미니까 안쪽에서도 똑같은 힘으로 고막을 밀어 줘야 해. 안 그러면 고막이 찢어져.”

“응응? 그렇다면…… 바깥쪽에서 미는 기압이란 게 약해지면 안쪽에서 미는 힘이 더 세지겠네?”

이 녀석, 되게 빨리 배우네. 머리가 좋구나.

“맞아. 바깥쪽에서 미는 힘과 안쪽에서 미는 힘의 균형이 무너진 결과, 귀가 먹먹해져.”

“호오~ 그랬구나~.”

필이 태평한 목소리로 말했다.

이 녀석은 이해를 했는지 못 했는지 변함없이 모르겠다.

“엘비스한테 당한 녀석한테도 그 현상이 일어났다는 거야?”

“그래. 조금 전에 든 예시와는 반대지만.”

“즉…… 기압이 약해진 게 아니라— 강해졌다?”

나는 고개를 끄덕였다.

“아마도 그게 엘비스가 가한 공격의 정체— 그 녀석의 정령술은 원하는 장소의 대기압을 비정상적으로 무겁게 만들 수 있는 거야.”

원리를 밝히고 보면 그렇게까지 이상한 현상은 아니다. 하지만…….

“아하. 그렇구나. 기압이라……. 그걸 무겁게 만들 수 있다면 공기를 조종하는 정령술이란 건가?"
"아니…… 그런 것 같지는 않단 말이지……."
공기를 조종하는 정령술이라면【천학의 우침】과 다를 바가 없다. 『왕이 되는 힘』이라는 말까지 듣는【쟁란의 왕권】이 그 정도밖에 안 되는 정령술은 아닐 텐데…….
"……아, 지 군. 경비원이 일어난 것 같아."
"그런가. 물러날 때네……."
"뭐야. 결국 모르는 채 끝나는 건가."
재미없다고 말하며 루비는 바닥에 깔았던 『안계막』을 회수했다.
"아니, 다른 방법을 시도해 보자."
"응?"
"루비. 너 여기 온 다른 학생과도 나랑 비슷한 거래를 해서 연줄을 만들었지?"
"그렇긴 한데. ……뭔가 할까?"
루비가 못된 표정을 지었기에 나도 똑같이 웃었다.
"그래. 바로 일이야. 다른 2급생에게 이렇게 잘 전해 줘."
그리고 나는 그 내용을 알렸다.
"……그렇구나."
"부탁해도 될까?"
"그래, 맡겨 둬. ……난 말이지, 남을 선동하는 걸 아주 좋아하거든."

왕의 눈

『자, 이 시간이 찾아왔습니다! 2급 리그전 제2회전! 저는 실황 중계를 맡은 제37기 지원과 B반의 에밀리 오하라입니다!』

그로부터 나흘 후— 다시 엘비스가 시합하는 날이 왔다.

투술장은 이전보다 더 많은 사람으로 꽉 차 있었다. 소문 자자한 『천재 왕자』의 시합을 한번 보려고 많은 관객이 몰려들어 있었다.

대다수는 그저 궁금해서 구경 왔을 것이다. 급수 리그전은 학원의 중요한 교육 시스템임과 동시에 학생들의 오락이기도 했다. 그래서 일일이 요란하게 실황 중계까지 하는 것이다.

하지만 그렇지 않은 사람도 있었다.

엘비스 공략법을 찾는 자들.

같은 2급생뿐만 아니라 1급생도 엘비스에게 주목하고 있었다. 조만간 같은 리그에서 싸우게 될 것을 모두가 확신하고 있기 때문이리라…….

나와 필, 루비도 엘비스의 정보를 얻기 위해 찾아온 사람이었다.

그걸 위한 포석은 이미 깔아 뒀다.

『윈저 2급이 아레나에 모습을 드러냈습니다! 오오, 관객들의 커다란 환호성이 들리는군요! 왕자라는 신분에다가 흠잡을 데 없는 미소년이고, 게다가 압도적으로 강하기까지! 이 인기도 수긍이 갑니다! 입학하고 두 번째 시합을 치르게 된 윈저 2급, 재차 승리로 장식할 수 있을 것인가?!』

오늘은 그렇게 간단히 끝낼 수 없을 거다.

그 후 나흘간 모두가 연구를 거듭했다.

그리고 무엇보다—.

『자, 곧 시합이 시작됩니다! 윈저 2급은 급수 배정 시험과 얼마 전의 1회전을 모두 시작하자마자 끝냈습니다! 한 순간도 눈을 뗄 수 없습니다!!』

굳이 말하지 않아도 나는 아레나에서 마주 선 엘비스와 그 대전 상대에게 주목했다.

잠시 투술장에 정적이 감돌았다.

한 박자 후, 관객이 마음의 준비를 할 시간을 가늠한 듯.

『시합— 개시입니다!!』

캐스터가 선언한 그 순간, 엘비스의 배후가 아지랑이처럼 일렁였다.

나타난 것은 중성적인 인간의 모습을 한 정령.

〈방관하는 소란의 파이몬〉.

평소와 같은 패턴. 평소와 같은 전법이었다. 이 직후, 아레나의 바닥이 원형으로 가라앉으며 대전 상대가 짜부라지는 광경을 모두가 예상했을 것이다.

하지만.

『아앗~! 속공입니다!!』

엘비스의 대전 상대는 그렇게 되기 전에 거리를 좁혔다.

두 번이나 똑같은 기술을 봤는데 대책 하나 세우지 못할 만큼 우리는 바보가 아니다.

나는 루비를 통해 다른 2급생에게 이런 소문을 흘렸다.

—엘비스의 정령술은 범위를 좁힐 수 없다.

—그래서 거리를 좁히면 자폭이 염려되어 쓰지 못한다.

요컨대 아젤레아가 당했던 대책과 같았다.

실제로 그 중압 공격은 원리를 생각하면 자신만 대상에서 제외할 수 없을 터다. 이제 엘비스는 다른 수단을 쓸 수밖에 없다.

……자, 어떻게 나올까……?

대전 상대인 남자는 양손에 하나씩 단검을 들고 있었다. 완전히 근접전에 특화된 형태였다.

엘비스보다 나이도 많았다. 체격에 의한 유불리는 아무리 천재 왕자라고 해도 무시할 수 없을 터……!

오른손의 단검이 번쩍 들렸고— 허공을 갈랐다.

왼손의 단검이 빠르게 번쩍였고— 허공을 갈랐다.

"어?", "어라~?"

내가 눈을 크게 뜨고, 필이 고개를 갸웃하고, 시험장이 술렁이기 시작했다.

허공을 가르고.

허공을 가르고.

공기를, 대기를, 허공을, 공백을, 무를 갈랐다.

서슬 퍼런 칼날이 눈에 보이지도 않는 속도로 휘둘렀으나— 그럼에도…… 닿지 않았다.

단 한 번도 엘비스의 살에는 닿지 않았다.

『피하고, 피하고, 피하고! 피하고, 피하고, 피하고, 피합니다아아아—!! 윈저 2급, 맹렬한 단검 공격을 피하고, 피하고, 마구 피합니다!! 맙소사! 과연 이게 인간이 할 수 있는 일일까요?! 저는 지금 제 눈을 의심하고 있습니다!!』

캐스터의 말은 호들갑이 아니었다.

아레나에서 펼쳐지고 있는 것은 마치 춤 같았다.

물론 대전 상대는 필사적이었다. 한 번이라도 공격을 적중시키려고 속도를 올리고, 페인트 동작을 넣으며, 아주 조금이라도 허를 찌르기 위해 궁리했다.

그럼에도 그 모든 공격이 엘비스의 피부에는 간발의 차이로 닿지 않았다.

단검이 육박하는 빈도는 1초에 수차례.

그 모든 궤도를 파악하여 최적의 움직임으로 계속 피하는 게 정말로 가능할까.

그런 의심이 들기에 생각하는 것이다.

마치 춤 같다고.

처음부터 정해져 있던 스텝을 밟는 것 같다고.

대전 상대는 엘비스가 미리 정해 둔 안무를 그대로 따르고 있는 것에 불과한 것이 아닌가 하고—.

"……뭐야, 저거……. 이해가 안 돼……."

루비가 헛웃음을 지으며 떨리는 목소리로 중얼거렸다.

그런 말이 나오는 것도 이해가 갔다.

이걸 보니 엘비스가 공격받아 무너지는 광경은 상상조차 할 수 없었다…….

그래서 나는 아레나를 보던 시선을 돌렸다.

가공할 광경을 일단 옆으로 제쳐 놓고 의식을 리셋하고 싶었다.

—그래서.

그것을 목격한 것은 완전한 우연이었다.

"……무슨……."

말문이 막혔다.

그래. 말 따위 나오지 않았다.

엘비스의 회피력만으로도 정상이 아니었다. 그런데 거기 있던 것은 그것보다 훨씬 더— 이해를 넘어선 광경이었으니까.

눈, 이었다.

거대한 눈이 하늘을 뒤덮듯 공중에 떠서 지상을 내려다보고 있었다.

감기 걸렸을 때 꾸는 악몽처럼 비합리적이고 터무니없는 광경이었다.

저건…… 뭐지.

하늘이 눈을 떴다. 아니, 아니, 그런 수준이 아니다. 저건 마치 세계 자체를 들여다보고 있는 것 같았다. 그래, 마치—.

나한테만 보이는 게 아니었다.

다른 관객도 점차 상공에 있는 『눈』을 알아차리고 비명을 지르거나 손가락질하기 시작했다.

"으악! 저건 뭐야. 무서워!"

"흐아……."

루비와 필도 하늘을 올려다보고 넋이 나갔다.

천하를 굽어보는 『눈』 하나.

그 압도적인 위압감에 숨이 막혔다.

무언가가 나를 본다는 게 이토록 위압적인 일이었나.

마치 존재를 통째로 지배당하는 것 같았다.

그렇다면 모든 것을 보고 있는 저 『눈』은 그저 보는 것으로 세상을 지배하고 있는 게 된다. —그래, 마치 왕처럼.

거기까지 발상이 이른 순간, 나는 퍼뜩 놀라 지상으로 시선을 되돌렸다.

아레나에서는 여전히 엘비스가 연이은 단검 공격을 피하고 있었다.

나는 눈에 힘을 주고 다시금 엘비스의 모습을 관찰했다.

아아…… 역시나.

엘비스 녀석— 눈을 감고 있다!

당연히 시각을 포기하고서 피할 수 있는 공격은 아니었다.

저 녀석은 시각을 버려도 남아도는 감각 능력을 갖추고 있는 거다.

그게 틀림없이 하늘에 있는 저『눈』.

급수 배정 시험 때도, 1회전 때도, 엘비스는 시합 개시 직후에 정령의 화신을 꺼냈다. 그건 자신의 힘을, 존재를 과시하기 위해서인 줄 알았지만…… 그게 다가 아니었던 거다.

저『눈』으로부터 우리의 주의를 돌리기 위해서였다.

엘비스는 이미 급수 배정 시험 때부터 급수전이 정보전의 양상을 띤다는 것을 간파하고 있었다. 그래서 자신이 〈방관하는 소란의 파이몬〉의 루스트라는 충격적인 정보를 미끼로 써서 더 중요한 것을 못 보게 했다.

틀림없이 저『눈』이야말로 엘비스의 정령술인【쟁란의 왕권】의 핵심이다.

엘비스에게 승리하고자 한다면 저『눈』을 처리할 방법을 생각해야 한다.

엘비스가 계속 단검을 피하고, 관객이 멍하니 하늘을 보는 사이에 시합의 제한 시간이 다가왔다.

『앞으로 10초 남았습니다! 이대로 끝나 버릴 것인가—?!』

엘비스의 교복에조차 칼날이 닿지 못한 채 1초, 2초, 시간이 흘렀고—.

1초 남은 순간.

엘비스가 갑자기 상대에게 바싹 다가가 손바닥 아래쪽으로 명치를 때렸다.

『타임업~!! 제한 시간이 되었으므로 영력 판정에 들어갑니다! 영력이 많이 남은 사람이 승자가 되는데 과연 결과는—?!』

모두가 알고 있었다. ……누가 이길지.

『윈저 2급입니다! 윈저 2급의 판정승!! 마지막 공격이 결정타가 되었습니다! 하지만 그보다도 놀라운 건, 윈저 2급, 제한 시간이 다 되도록 상대가 손끝 하나 건드리지 못하게 했습니다!! 천재 왕자는 공격뿐만 아니라 방어도 완벽했습니다아아아아아!!』

엘비스의 배후에 있던 정령이 사라짐과 동시에 상공에 있던 『눈』도 사라졌다.

강함을 과시하는 듯한 승리였다.

자신에게 빈틈 따위 전혀 없다는 걸 모두에게 알리는 듯한.

하지만— 나는 오히려 희망이 생겼다.

엘비스는 자신의 정령술을 숨기기 위해 잔꾀를 부렸다.

그 말은 즉, 엘비스 자신이 본인의 정령술을 완벽하다고 여기지 않는다는 증거였다.

나는 금발의 천재 왕자를 관객석에서 내려다보았다.

……반드시 공략해 주겠어, 엘비스. 너의 그 강함을 말이야—.

그때, 엘비스가 불현듯 내 쪽을 봐서 시선이 딱 마주쳤다.

『음? 윈저 2급! 바로 아레나를 떠나지 않고…… 오?! 오오! 오오오오오오!!』

엘비스는 나와 시선이 마주친 순간, 똑바로 나를 향해 검지를 들었다.

『윈저 2급이 뭔가를 가리킵니다! 그 끝에 있는 것은— 아앗~! 잭 리버 2급입니다! 윈저 2급과 마찬가지로 몇 년에 한 번 나오는 2급 입학을 달성한 또 다른 슈퍼 루키!! 같은 급에서 싸우는 라이벌이기도 한 동급생을 지금 이 타이밍에 가리킬 이유는 하나밖에 없습니다—!!』

—나와 너, 대체 누가 더 강할까?

나는 희미하게 웃었다.

엘비스도 웃는 것처럼 보였다.

"지 군?"

나는 엘비스에게 등을 돌리고 관객석의 출구로 향했다.

"먼저 가 있을게. —슬슬 나도 시합이 있거든."

『압 · 도 · 적!! 아까 윈저 2급의 선전 포고를 받은 리버 2급! 압도적인 강함을 과시하며 제2회전을 제압했습니다!! 그리고, 그리고—?!』

시합을 정리한 후, 나는 허리에 찬『새벽의 검』을 뽑았다.

은색으로 도장해서 히히이로카네 특유의 아침노을색은 감춰져 있었다.

하지만 지금은 이걸로 충분했다.

『아앗~! 여태껏 한 번도 뽑지 않았던 검을 마침내 뽑고! 관객석에 있는 윈저 2급에게 겨눴습니다!! 이건 그야말로 「진심으로 쓰러뜨려 주겠다」라는 선언!! 리버 2급, 윈저 2급의 선전 포고를 정면으로 받아들였습니다아아아—!!』

이리하여 이번 시즌의 정령술 학원 2급 리그는 예년과는 다른 양상을 띠기 시작한다.

나— 잭 리버와 엘비스 쿤츠 윈저, 대형 루키의 대결에 교내외를 불문하고 많은 주목을 받게 되었다.

전력의 가치

정령술 학원에는 왕국에서 가장 큰 도서관이 있고, 학생이라면 자유롭게 이용할 수 있다.

아직 전생한 지 얼마 안 됐을 때, 나는 저택의 서고를 보고 이 세계에서는 책이 귀중품이구나 생각했다. 그 추측은 틀리지 않았다. 현재 인쇄 기계는 센리 공화국의 독점 기술이라서, 라에스 왕국에서는 여전히 거의 모든 책이 사람 손으로 쓰이고 있었다. 그래서 당연히 현대 지구처럼 문고본 한 권에 700엔일 수는 없었다.

하지만 문화와 정령술의 나라인 라에스 왕국은 그걸 인해전술로 극복했다. 국비를 투자하여 필사생을 대량으로 육성하고, 학술적으로 중요한 사본을 양산했다. 덕분에 학원의 도서관에는 왕국사부터 지방 전승에 이르기까지 다양한 자료가 세세하게 소장되어 있었다.

그렇다고 모든 자료를 제한 없이 열람할 수 있는 건 아니지만—.

"—정말이지. 왜 내가……."

아젤레아가 투덜거리며 먼지 쌓인 계단을 내려갔다.

"눈치란 게 없나? 요전번의 그 센시티브한 대화를 잊어버린 걸까? 이 무신경한 남자는……."

"어쩔 수 없잖아. 이 지하 서고는 특정 귀족만 들어갈 수 있단 말이야."

나는 랜턴을 들어 어둠을 밝히며 앞에 있는 아젤레아의 빨간 머리를 내려다보았다.

"네가 있어서 다행이야, 정말로. 우리 집은 권한이 없거든."

"말해 두는데, 이 서고의 열람 권한은 내가 공부하려고 받은 거야! 너는 그저 멋대로 따라오는 거지! 조사는 도와주지 않을 거야!"

"그래그래."

그렇게 말하면서도 따라오는 건 허락해 준단 말이지. 천성이 착하다고 할까.

엘비스의 정령술이 어떤 힘을 가졌는지는 조금씩이지만 밝혀지고 있다.

먼저, 대기를 조종하여 고체 수준의 무게와 굳기를 줄 수 있다.

그리고 대전 상대의 움직임을 정밀하게 내다보는 힘이 있다.

현재로서는 전혀 다른 능력을 여러 개 다루고 있는 것처럼 보이지만, 정령술인 이상은 그 모든 것을 하나의 논리로 실현하고 있을 터다. 그 논리—【쟁란의 왕권】의 근본적인 규칙을 알아내기 위해 나는 지하 서고에 있는 오래된 자료를 찾아보기로 했다.

참고로 필과 루비에게는 다른 2급생 대책으로 움직여 달라고 했다. 상대가 나를 몰라서 이길 수 있는 것도 기한이 끝나 가고 있었다. 엘비스만 신경 쓰고 있을 수는 없게 되었다.

"『눈』 쪽을 숨겼던 걸 보면 아무래도 지각계 힘인 것 같은데. 그걸로 어떻게 그 중앙 공격을 실현하는 거지……."

"뒤에서 중얼중얼 시끄러워! 그런 건 안 물어봤거든?!"

"넌 안 궁금해? 엘비스의 정령술."

아젤레아는 묵직한 얼굴로 말했다.

"……남의 사정을 이것저것 염탐하는 건 성미에 안 맞아."

"어떤 자세로 싸울지는 네 맘이지만, 다른 학생들은 네 자긍심에 어울려 주지 않을걸?"

"나도 알아!!"

세게 호통치고서 아젤레아는 빠르게 성큼성큼 계단을 내려갔다. 나는 그 뒷모습을 내려다보며 속으로 탄식했다.

루비는 이 학원의 방식에 빠르게 대응했다. 아마 원래부터 익히고 있었던 처세술이리라. 변화하는 환경에 적응하여 슬럼가라는 혹독한 세계에서 살아남은 것이다.

하지만 그게 가능한 건 소수파다. ……실제로는 아젤레아 같은 녀석이 더 많다.

친구로 만나 같은 교실에서 공부하는 상대와의 첩보전. 몰래 물밑 작전을 벌이고, 교섭과 거래로 타인의 정보를 긁어모으는 매일.

그런 환경에 바로 적응하는 것이 더 이상하다. 아젤레아처럼 착한 아이라면 더더욱. ……필 정도로 천진난만하면 오히려 쉽게 융화되는 모양이지만.

어두운 계단을 내려가 낡은 나무문을 지났다. 그러자 나온 곳은 책의 둥지였다.

오래된 종이 냄새가 물씬 풍겼고, 천장에 매달린 랜턴이 은은하게 책장을 비추고 있었다. 빽빽하게 꽂혀 있는 책은 가죽으로 확실하게 장정된 것도 있는가 하면, 끈으로 묶기만 한 것도 있었다. 그 외에 양피지 다발과 두루마리(스크롤)도 보였다. 분명 석판과 점토판 종류도 있을 텐데, 그건 더 아래층에 있나?

아젤레아는 이미 책장 옆에서 손에 든 메모를 보며 자료를 찾고 있었다.

나는 가져온 랜턴을 테이블에 놓고, 그 등에 대고 말했다.

"뭐 찾아?"

"가르쳐 줄 리가 없잖아."

완전히 뾰족해져 버렸다. 뭐, 다른 사람에게 정보를 넘기지 않는 건 당연하지만.

그럼 어디서부터 착수할까……. 몇 번이고 쉽게 올 수 있는 곳은 아니다. 효율적으로 조사하기 위해 어느 정도 계획은 세우고 왔지만, 그래도 막연한 일이었다.

역시 일단은 전쟁사부터 볼까. 【쟁란의 왕권】의 술자가 출전했을 때의 기록이 남아 있을 터…….

"응……!"

그때, 아젤레아가 몸을 쭉 펴고서 위쪽에 있는 책을 집으려고 했다.

어른스러워도 아직 어린아이다. 분명 나이는 나와 똑같은 아홉 살. 책장의 윗줄에는 전혀 손이 닿지 않았다. 나는 보다 못해 말했다.

"꺼내 줄까?"

"필요 없어! 애초에 키도 비슷하잖아!"

"잊어버렸어? 나는 날 수 있어."

그랬다. 내게는 【자립의 투익】이 있다. 이럴 때는 정말로 편리한 힘이다.

아젤레아는 고개만 슬쩍 돌려서 원망스럽다는 눈으로 나를 보았다.

"……그랬지. 하지만 됐어."

"마음이 바뀌면 언제든 불러 줘. 서고에 들여보내 준 답례로 그 정도 잡무는 기꺼이 할게."

"됐 · 다 · 고!!"

세게 말하고서 다시 「응응……!」 하고 손을 뻗었다. 고집스럽네.

뭐, 본인이 됐다고 하니 어쩔 수 없지. 나는 내 자료를—.

"—아……?!"

목소리를 듣고 돌아본 그때, 이미 책장이 기우뚱 기울어 있었다.

순식간에 헤아렸다. 아젤레아가 높은 곳을 억지로 잡은 결과, 책장의 균형이 무너졌음을.

아젤레아보다 두 배는 키가 큰 책장이, 빽빽하게 꽂힌 책과 함께 아젤레아 쪽으로 쓰러진다—.

위험하다고 말할 새도 없었다.

그 전에, 몸에 주입된 위기 회피 능력이 나를 순간적으로 움직이게 했다.

"……괜찮아?"

"어……?"

아젤레아가 질끈 감았던 눈을 떴다.

아젤레아의 커다란 파란 눈이 튀어나올 듯 크게 뜨이며 눈앞의 광경을 파악했다.

쓰러지려던 책장과 거기서 쏟아진 무수한 책이 전부 그 자리에서 비눗방울처럼 둥실둥실 떠 있는 광경을.

"간 떨어질 뻔했네……. 조금만 늦었어도 위험했어."

"미…… 미안, 해……."

내 품속에서 몸을 움츠린 아젤레아는 내 얼굴을 코앞에서 보고 뺨을 붉혔다.

"가, 가까워……!"

"아, 이봐! 아직……!"

아젤레아가 허락도 받지 않고 품을 벗어나려고 해서 나는 당황했다.

왜냐하면—.

"—어? 앗, 잠깐만, 뭐야?!"

그 자리에서 빙글 돌아 머리가 아래쪽으로 내려간 아젤레아가 비명을 질렀다.

아젤레아의 몸을 받치기 위해 순간적으로【자립의 투익】을 걸었기 때문이다.

아젤레아는 처음 겪는 무중력에 매우 당황해서 손발을 마구 버둥거렸다.

"야, 난동 부리지 마! 진정해!"

"앗! 으아?!"

그 자리에서 빙글빙글 돌기 시작한 아젤레아는 한층 더 패닉에 빠졌다. 아아, 진짜! 그러게 내가 뭐랬어!

아무튼 내려 주려면 얌전히 만들어야 했다. 나는 무작정 손을 뻗어 아젤레아의 허리를 잡아서 회전을 멈췄다.

하지만— 타이밍이 안 좋았다.

내 눈앞에서 아젤레아의 치마가 흔들렸다.

그리고 내 호흡 때문인지, 공기의 흐름 때문인지…… 그 치마가 훌렁 뒤집혔고.

그렇게 드러난 하얀 허벅지에…… 진홍색 끈이 늘어져

있는 것이 보였다.

……끈팬티?

……이 나이에?

"앗……?! 안 돼!"

크로치 부분이 슬쩍 보인 순간, 아젤레아가 허둥지둥 치마를 눌렀다. ……그리고 아젤레아는 그대로 얼굴이 새빨개진 채 굳어 버렸다.

……처음 만났을 때도 속옷을 봤지만, 지척에서 보니까…….

아무리 문화의 나라라지만, 아홉 살에 끈팬티는 너무 과한 문화 아니야……?

어색한 침묵이 감도는 가운데, 나는 일단 아젤레아가 똑바로 서도록 빙글 돌려서 바닥에 내려 줬다.

아젤레아는 치맛자락을 꽉 움켜쥐며, 빨개진 얼굴로 시선만 들어 나를 살폈다.

"봐…… 봤지……?"

나는 대답이 궁해졌다. 궁해진 나머지 또 쓸데없는 말을 했다.

"……귀족 사회에서는, 그런 게 유행이야?"

"아니……!"

아젤레아는 반사적으로 고개를 들고서 입을 뻐끔거렸지만 결국 눈을 피했다.

"……이건, 그저…… 내가, 시원한 게 좋아서……."

다리를 모으고 꼼지락거리면서, 고간과 엉덩이를 손으로 누르며 말했다.

시원한…… 속옷이구나.

그저 끈이 보였을 뿐…… 거기까지 보이진 않았는데.

……응, 진정하자. 나는 전생자다. 일단 전생의 기억을 가지고 있다. 육체만 아홉 살일 뿐이다. 만약 평범한 아홉 살 아동이었다면 너무나도 자극적인 아젤레아의 언동에 마음을 빼앗겼을지도 모르지만, 나는 사실 어른이니까 참을 수 있다.

애초에 나한테는 필이 있고.

아젤레아가 야하다고 생각했을 뿐, 좋아하게 되지는 않았다. 아니라고.

"아…… 아무튼 미안. 다음에 사례할게."

"사례?"

"잘못 말했다. 사과."

정신 차리란 말이다, 아홉 살의 뇌! 혹은 아빠의 유전자! 아니, 이거 범인은 아빠의 유전자야! 전생의 나는 이런 변태가 아니었단 말이야! 아빠 때문이야!

"그보다 얼른 여길 정리해야겠다! 선생님한테 들키면 큰일 날 거야!"

공중에 띄워 둔 책과 책장을 가리키며 말하자, 아젤레아는 아직 조금 발그레한 얼굴로 흐트러진 머리를 가볍게 빗고서 여전히 다리를 모은 채 말했다.

"그, 그렇지……. 얼른 뒷정리해야지. 누가 보기 전에……."

……왠지 묘한 배덕감이 드는데, 실제로 위험한 상황이었다. 책은 전부 띄웠으니까 더러워지거나 망가지지 않았겠지만, 과연 원래 순서대로 되돌릴 수 있을지—.

"어?"

그때, 아젤레아가 눈을 크게 떴다.

"왜 그래?"

"저기…… 책장이 있던 곳의 벽……."

벽?

나는 책장이 있던 곳을 돌아보았고— 그 순간, 「어?」 하는 소리가 나왔다.

깜짝 놀랐다. 아젤레아의 팬티보다 놀라웠다.

"책장 뒤에…… 문이?"

그랬다. 숨어 있었던 거다. 쓰러진 책장 뒤쪽에, 낡은 나무문이.

"……그러고 보니 들은 적 있어……."

아젤레아가 입가를 만지며 중얼거렸다.

"학원의 도서관 어딘가에 왕가의 검열을 피하기 위한 비밀 서고가 있다고 했어……."

"설마 이게?"

그럴싸하긴 했다.

책장 뒤에 있는 비밀문이라니 완전 진부한 클리셰다. 누구나 생각할 수 있을 것 같지만— 이 지하 서고는 좁았다. 책장을 이동시킬 여지가 없을 만큼 공간이 빠듯했다. 이렇게 정령술로 공중에 띄우지 않는 한, 찾아내기는 어려울 것이다.

"……왕가의 검열을 피하기 위한 곳이라……."

나는 비밀문을 응시하며 생각했다.

"……분명 【쟁란의 왕권】은 왕족한테만 발현되는 힘이었지?"

"잠깐만! 설마 들어가려고?! 혼날 거야!"

"비밀 서고잖아? 그럼 들어가는 데 권한이 필요하진 않아."

억측이긴 하지만— 만약 【쟁란의 왕권】에 관한 괜찮은 정보가 안 나오는 게 왕가가 은폐했기 때문이라면?

조사해 볼 가치는 있다.

"너는 여기 있어. 괜찮아. 네가 책장을 넘어뜨렸다는 건 말 안 할게."

"은근슬쩍 입막음을 하는구나……?! 이 음흉남!"

그러고 나서 아젤레아는 몇 초 망설이다가 말했다.

"……나도 갈래. 네가 이상한 짓을 하지는 않을지 감시해야지."

"걱정이 많네."

"당연하지! 무슨 일이 생기면 네가 퇴학당할지도 모르잖아!"

나를 서고에 들인 책임을 지게 될 걱정은 안 하는구나.

정말로…… 착한 녀석이다.

"그럼 같이 가자. 제대로 감독해 줘, 아젤레아."

"어쩔 수 없지."

고집쟁이 소녀와 함께 나는 책장 뒤에 있던 문을 밀었다.

문은 잠겨 있지 않았다. 끼익 소리를 내며 안쪽으로 열리고 간단히 실내 모습을 드러냈다.

한층 좁은 서고였다.

안쪽 벽에 책장이 딱 하나 놓여 있었다. 책의 수는 기껏해야 50권 정도일까. 가장 아랫줄에는 나무 상자가 여러 개 있었다. 특히나 상하기 쉬운 책이 들어 있나? 아니면 점토판이나 석판?

아젤레아는 책장 앞에 서서 가죽으로 된 책등을 올려다보았다.

"전부 처음 보는 자료야……."

"전쟁사나 정령술 연구서가 많은 것 같네."

이게 바로 나라의 검열을 피한 자료……. 나라에 불리한 어둠의 지식인가.

나는 별생각 없이 한 권을 뽑아서 펼쳐 보았다.

"『【몽환의 여행자】를 이용한 몽상현실 시공간의 구축 및 사고 속도의 무한 가속이 가져오는 가능성과 그 부작용에 관해』—."

"어? 그거 지륜교가 금지한 연구 아니야……?"

"그래?"

"몰라? 『몽환 현자』가 사용했다는, 꿈의 세계를 이용한 사고법이야. 따라 하면 위험하다면서 금지 연구로 지정됐을 터……."

꿈의 세계를 이용한 사고법? 확실히 뭔가 위험해 보이는 기술이네…….

아젤레아는 차례차례 책을 뽑아 안을 검사해 나갔다.

"이쪽은 〈아가레스〉…… 이건 〈사미기나〉…… 우와, 이건 〈비프론스〉 연구야! 세상에. 전부 전설급 정령에 관한 연구서야……."

"〈비프론스〉라면 『정체불명』의? 이 서고는 진짜구나……."

기대가 되었다. 이 서고에는 분명 【쟁란의 왕권】에 관한 자세한 자료가 있을 거다.

나는 신나게 자료를 뒤지기 시작했다. 책도 얼마 없으니 분명 금방 끝날 터.

"……저기."

다 읽은 자료를 책장에 되돌리고 있으니 줄곧 조용히 있던 아젤레아가 뒤에서 말을 걸어왔다.

"어째서…… 너는 아무렇지도 않은 거야?"

"뭐가?"

돌아보지 않고 페이지를 넘기는 내게 아젤레아는 머뭇머

듯 말했다.

“너, 교실에서는 엘비스 씨와 사이가 좋잖아……. 얼마 전에도 둘이 같은 조가 되어서 왕국사 과제를 했었고…….”

“아아, 그거. 왕국사 과제를 왕자랑 같이 하는 건 내가 생각해도 반칙이긴 해.”

“어떻게 그럴 수 있어? 앞에서는 웃으며 대하고, 지금은 이렇게 몰래 엘비스 씨의 약점을 찾고 있어……. 너만 그런 게 아니야. 이 학원의 학생은 다들 그래……. 어떻게 아무렇지도 않을 수 있는지 나는 이해가 안 가.”

“아무런들.”

나는 내용을 모두 체크하고 자료를 탁 덮었다.

“딱히 우리도 나쁜 짓을 하는 건 아니잖아.”

“알고 있어! 하지만…….”

“반대로 묻고 싶어. 너는 어째서 그렇게 급수전을 싫어해?”

“어째서……?”

“우리랑 만난 지 얼마나 됐다고? 고작 한 번 같이 고기를 먹은 사이잖아. 그런 우리랑 속고 속이는 싸움을 벌이게 됐다는 게 그렇게 충격받을 일이야?”

아젤레아는 입을 다물었다. 나는 다음 자료를 집어 들었다.

“같은 반이어도 우리는 서로 라이벌이라는 걸 너도 알고 있었을 텐데? 어쨌든 경쟁은 피할 수 없었어. 그러려고 이 학원에 들어온 거 아니야?”

아젤레아의 첫인상은 자신감 넘치지만 천성은 착한 아이였다.

나와 엘비스의 실력을 보고서도 분명 투지를 불태웠을 것이다. 따라잡아 주겠다고. 뛰어넘어 주겠다고. 그런 근성을 가진 아이처럼 보였다.

하지만 급수전도 5회전을 넘긴 지금은 그런 모습을 찾아볼 수 없었다.

성실하지만 심약하고, 그러나 착한. 그런 아젤레아가 전면에 나와 있었다. 처음 만났을 때의 당돌한 태도가 마치 가면이었던 것처럼.

"……알고 있어. 그래, 나도 알아. 나는 너희를 전부 뛰어넘어서 누구보다도 우수한 성적으로 이 학원을 졸업할 거야. 그 목표는 변함없어."

"그렇다면—."

"하지만…… 나도 몰랐는걸."

"어?"

"기껏해야 한 번. 고작 한 번. 그 한 번에 간단히 넘어가다니. 하지만, 하지만— 그렇게 즐거울 줄은 나도 몰랐는걸."

나는 처음으로 자료에서 시선을 떼고 아젤레아를 돌아보았다.

빨간 머리 소녀는 먼지 쌓인 서고의 바닥을 바라보고 있었다.

"집안과 상관없이 얘기하는 것도, 직접 고기를 구워 먹는 것도, 남들이 싸우는 데 끼어드는 것도, 모두가 얘기하는 모습을 바라보는 것도― 아주, 아주, 즐거웠어. 나는 줄곧 자신감이 없어서, 손위 형제에게 보호받기만 했고, 친구도 못 만들어서…… 그래서, 그런 건 처음이라."

……자신감이 없어서 친구도 못 만들었다니.

마치…… 어릴 적의 **그 녀석** 같았다.

"한심하다고 비웃어도 돼. 나는, 무서워. 무서워서 견딜 수가 없어. 그 시간이 거짓이 되어 버리는 게……. 전부, 급수전에서 이기기 위한 거짓된 시간이었다는 걸 알게 되는 게, 눈물이 날 만큼 싫단 말이야……!"

아젤레아는 자신의 가슴을 꾹 누르며 내게 말했다.

"꼭 그래야 해? 대책 같은 건 생각하지 않고 투술장에서 정면으로 싸우면 안 돼……? 시합은 그냥 시합으로 끝내면 되잖아. 어째서 다른 곳에서까지―."

"안 돼. ……그래선 안 돼, 아젤레아."

타이르듯 말하자 아젤레아는 입술을 감쳐물었다.

"그건 전력이 아니야. 그런 건 그저 놀이일 뿐이야."

나는 시선을 다시 손에 든 자료로 떨어뜨리고 말했다.

"나는 엘비스를, 엘비스는 나를, 가능한 모든 수단을 써서 철저히 쓰러뜨릴 거야. ……말해 둘게, 아젤레아."

"……뭐, 를?"

"나의 현재 목적. 내 목적은 엘비스와의 시합에서 그저 이기는 게 아니야."

"어……?"

"누구나 엘비스를 쓰러뜨릴 수 있게 하는 거야."

팔락, 페이지를 한 장 넘겼다.

"급수전은 리그전이야. 엘비스한테 이기더라도 다른 녀석에게 지면 역전될 수도 있어. 이 승리 쟁탈전을 더 확실하게 제압하려면, 엘비스가 더 많이 패배하도록 누구나 간단히 쓸 수 있는 **필승법**을 확립해야 해."

"그…… 그런 건."

아젤레아가 아연실색하여 신음하듯 중얼거렸다.

"대책 수준이 아니잖아……. 서로를 진창에 빠뜨리려는 싸움이야!"

"맞아. 바야흐로 지금, 온 힘과 정성을 다하여 엘비스를 진창에 빠뜨리려 하고 있어."

"그런…… 그런 짓을, 반복하면……."

미움받을 거야— 하고, 아젤레아는 작게 말했다.

……전투과 S반 애들은 다들 필과 동갑인데도 어른스럽다. 하지만 그중에서도 아젤레아만큼은 혼자 아이다운 모습이 남아 있다고 생각했다.

그러나 아니었다. 나도, 엘비스도, 가웨인도, 루비도, 성장 환경 때문에 어딘가 이상해졌을 뿐, 사실은 아젤레아가

정상인 거다.

그렇지. 미움받겠지. 이런 짓을 하면, 보통은.

하지만— 보통이 아니야, 아젤레아.

너 말고는 다들 보통이 아니야.

그래서 금방 이해했을 뿐이야. 나도, 엘비스도, 가웨인도, 루비도— 보통이 아니기에 바로 눈치챘을 뿐이야.

너도 눈치채 줘, 아젤레아.

조금 시간이 걸려도 괜찮아. 너라면 분명 알 수 있을 거야.

이 학원은 지금 네가 생각하는 것만큼 싸늘한 곳이 아니라는 것을.

"—아."

나는 손에 든 자료의 어떤 서술을 눈에 담았다.

"찾았다……!"

랜턴 옆에 자료를 놓고 빛 속에 드러난 문장을 눈으로 좇았다.

"『왕의 눈이란 곧 세계를 보는 힘이다. 세계란 곧 원인과 결과의 연속이다』—."

그 자료에는 【쟁란의 왕권】의 술자가 가진 『눈』에 관해 적혀 있었다.

그 이름은 『왕안(王眼)』.

세계의 본질을 직접 보는 힘. 원인과 결과의 연속을 직감적으로 포착하는 시력.

또 다른 이름은—『인과시(因果視)』.

"그런가. 그랬구나. —【쟁란의 왕권】이란 건 숨기기 위한 이름이었어……."

진짜 이름은 『쟁란』이 아니라 『총람(總覽)』. 『총람(總攬)』이기도 할 것이다.[#2]

예상은 맞았다. 【쟁란의 왕권】의 본질은 **관측 능력**이다……!

"좋았어……!"

필요한 조각은 모두 모였다.

이제 올바른 위치에 끼워 넣기만 하면 된다.

자료를 정리하는 나를 아젤레아는 어딘가 냉담한 눈으로 바라보고 있었다.

"……엘비스 씨의 약점을 찾아서 좋겠네."

아젤레아답지 않은 빈정거림이었다. 역시 좀 수습해 둬야 하나.

"아젤레아—."

"말 걸지 마."

듣지도 않고 아젤레아는 등을 돌렸다.

"……분명 언젠가 너와도 싸우게 될 테니까."

체념이 섞인 목소리였다.

괜찮은 말이 바로 떠오르지 않았다. 그사이에 빨간 머리

#2 진짜 이름은 『쟁란』이 아니라 『총람(總覽)』. 『총람(總攬)』이기도 할 것이다. 일본어 발음이 모두 「소오란(そうらん)」으로 같다.

소녀는 비밀 서고에서 나갔다.

불러 세우지도 못한 채, 자그마한 등은 어둠 속으로—.

"제대로 정리해 둬!"

—사라지기 전에, 엄마 같은 잔소리를 남기고 갔다.

…….

아젤레아는 좋은 엄마가 될 것 같다.

결전 전날

"실례합니다."

학원장실의 푹신한 의자에 앉아 꾸벅꾸벅 졸고 있으니 조심스러운 노크 소리가 들리고 라켈이 들어왔다.

"우오오?! ……오오. 난 또 뭐라고, 라켈인가."

"……누구로 착각한 거야?"

"아니, 신경 쓸 것 없다."

"클라이브 씨라면 아까 직원실에서 봤는데."

뭐야, 알고 있었잖아. 그 녀석은 업무 시간에 조는 것에 엄격하니 말이지.

"수업 계획서를 제출하러 왔어."

"그래, 근처에 둬라. 조만간 읽을 테니."

"……가능하면 빨리 읽었으면 좋겠는데."

"그래그래."

마치 내가 상습적으로 일을 미루는 것처럼 말한다. 한 달이나 두 달이나 크게 차이는 없을 텐데.

그렇게 생각하며 의자에 늘어져 등받이에 체중을 싣자.

"빨리 읽어."

불손하게도 명령형으로 말하며 라켈이 눈앞에 서류를 들이밀었다.

거참. 나는 마지못해 서류를 받아 대충 훑어보았다.

"참으로 무서워졌구나. 100년 전에는 그나마 귀여운 구석이 있었는데 말이다."

"그때는 아무것도 몰랐으니까. ……그리고 지금은 그 아이들의 선생님이고."

"좋은 마음가짐이다."

실제로 라켈이 일하는 모습은 엘프답지 않았다.

엘프란 것은 본래 좀 더 유유자적한 종족이거늘.

100년 전, 우연히 이 녀석을 주웠을 때도 멍한 녀석이라고 생각했다. 뭐, 그때는 어쩔 수 없었다고도 할 수 있지만…….

만약 이 녀석이 변했다면 그건—.

나는 수업 계획서를 다 읽고 다른 자료를 집어 들었다. 급수전의 성적을 정리한 자료였다.

"애송이들이 매우 주목받고 있는 것 같군."

"……응."

"둘 다 7회전을 끝내고도 여전히 무패인가. 신입생이 2급 리그의 선두에 나란히 서는 게 몇 년 만인지."

당장은 생각이 안 났다. 내가 노망이 나서 그런 건 아니다.

"하지만 이 정도로 열광하는 건 이상하군. 교외의 업자까지 애송이들의 대전을 쇼로 만들려고 할 정도야. 라켈, 짐작 가는 게 있느냐?"

"……증거는 없지만, 부추기는 인간이 있는 것 같아."

"호오? 두 사람의 대결에 사람을 모으려 하는 인간이 있다는 건가?"

"응."

"누구지? 도박이라도 벌이는 건가?"

"아마 잭의 짓일 거야."

"……호오?"

그건…… 오호라, 제법.

"왜지? 그 녀석은 그렇게 관심받는 걸 좋아했나?"

"모르겠어. 하지만 필과 루비가 물밑에서 움직이고 있는 걸 확인했어."

"히히히. 뭐, 십중팔구 윈저 녀석의 『왕안』 대책이겠지만……."

윈저 녀석이 『왕안』을 보일 수밖에 없었던 2회전도 뒤에서 리버 녀석이 손을 썼다고 들었다. 참으로 무시무시하다. 이런데도 아직 아홉 살인가.

그 2회전이 있고 나서 2주 넘게 지났는데— 그사이에 2급생 다섯 명이 윈저에게 도전했고 패배했다.

하늘도 리버 녀석 편인 모양이다. 뽑기운으로 윈저와의 대결을 늦췄고, 그동안 녀석은 【쟁란의 왕권】의 정체를 간파한 것 같다. 자신들의 대전에 사람을 모으려 하는 것이 그 증거다.

확실히 이건 유효하다면 유효한 방법이다.

……뭐, 그 왕자는 이것만으로는 꿈쩍도 안 하겠지만.

"애송이의 생각대로 움직이기는 싫지만…… 예상되는 관객 동원수를 생각하면 많은 인원을 수용할 수 있는 투술장을 쓰는 게 현명한가."

"응. 급수 배정 시험에도 썼던 제1투술장이 될 거야."

"적당한 때인가……. 이 이상 과열되면 처리하기 귀찮아."

나는 자료를 내팽개치며 말했다.

"녀석들의 시합을 가급적 빨리 끝내라고 사무 담당자에게 말하거라."

◆

『2급 리그전 제8회전
제1투술장 제1시합
잭 리버 vs 엘비스 쿤츠 윈저』

◆

"전하. 여기 계셨습니까."

아침.

기숙사에서 키우게 된 고양이 ― 이름은『쿄우』라는 모양이다 ― 에게 먹이를 주고 있으니 가웨인 군이 달려왔다.

변함없이 딱딱한 말투였다. 클래스메이트니까 예의 차리지 않아도 되는데.

하지만 이런 고지식한 면이 가웨인 군의 좋은 점이기도 했다.

"안녕, 가웨인 군. 기분 좋은 아침이야. 무슨 일이길래 그렇게 급히 달려왔어? 오늘은 쉬는 날 아니었나?"

설마 내가 평일과 휴일을 착각한 걸까.

기억을 더듬어 봤지만 오늘은 틀림없이 휴일이라서 수업이 없었다.

그럼 무슨 일이지?

"8회전의 대전 상대가 발표되었기에…… 외람되지만 보고드리러 왔습니다."

"흐응……. 군이 뛰어와서 보고할 정도라면, 마침내?"

"네."

가웨인 군이 고개를 끄덕였다.

"8회전은 잭 리버와 싸웁니다."

나는 하늘을 올려다보았다.

봄답게 싱그러운 하늘이 광활하게 펼쳐져 있었다.

"마침내……."

실력 시험 때 잭 군을 보고 나는 확신했다.

잭 리버라는 인간은 내가 최강이 되기 위해서 결코 피해 갈 수 없는 벽이 될 것이라고.

그 벽을 때려 부술 때가.

마침내 찾아왔다.

“리버 녀석도 지금까지 모든 시합을 이겼지만, 그 정령술은 이제 다 알려졌습니다. 전하의 승리는 확고하겠지요.”

“【자립의 투익】인가……. 글쎄, 어떨까. 잭 군은 아직 비장의 카드를 숨기고 있을 것 같은데.”

“그렇더라도, 왕족 제일의 천재이신 전하께서 그런 대단한 전통도 혈통도 없는 자에게 질 리가—.”

“가웨인 군.”

내가 이름을 부르자 가웨인 군은 바로 말을 멈췄다.

“루비 양의 성적을 알고 있어?”

“……6승 2패였을 겁니다.”

“응, 알면 됐어.”

가웨인 군이라면 내가 하고자 하는 말을 분명 이해했을 거다.

확실히 전통과 혈통은 가볍게 볼 게 아니다. 그걸 통해 함양되는 것은 확실히 있다.

하지만 무엇이든 과신해선 안 된다.

어느 순간 문득, 자신이 업신여겼던 것에 걸려 넘어질지도 모르니까.

가웨인 군이 이미 쓰러뜨렸을 터인 루비 양의 성적을 알고 있는 것은 과신하지 않는다는 증거— 루비 양이 자신과 함께 2급으로 올라가서 이번에는 만만치 않은 난적이 되어 앞을 가로막을지도 모른다고 생각한다는 증거다.

전통과 혈통만으로 강함이 결정되지 않는다는 것을 마음 한편으로 이해하고 있다는 증거다.

가웨인 군은 고지식하지만, 동시에 자신이 본 것을 순순히 인정하는 큰 도량도 가지고 있다. 분명 가웨인 군은 좋은 기사가 될 거다.

"전하께서는……."

민망함을 얼버무리려는 것처럼 가웨인 군이 화제를 돌렸다.

"전하께서는 잭 리버와 어떻게 싸우실 겁니까? 역시 지금까지 그러셨듯 속공하거나 버티는 쪽으로?"

"으음……. 아쉽지만 그 얘기는 다음에 하자. 이렇게 시끄러운 곳에서 할 얘기는 아니야."

"네……? 아뇨, 조용합니다만……."

가웨인 군이 의아해하며 주위를 둘러봤을 때였다.

샤샤샥! 하고 땅을 밟는 소리가 전방위에서 일제히 들리더니 멀어졌다.

「이게 무슨……?!」 하며 눈을 동그랗게 뜨는 가웨인 군을 보고 나는 미소 지었다.

"너도 조심해, 가웨인 군. ……이 학원은 누군가의 눈과 귀로 가득해."

◆

"쳇~ 미안. 들켰어."

"아니, 괜찮아. 어차피 그 녀석은 허점 같은 건 안 드러내겠지."

"다른 녀석들이 전혀 숨을 안 죽이더라고. 나는 여유로웠어, 나는."

글쎄…… 실제로는 어떨까. 엘비스의 『왕안』이라면 루비가 아무리 숨을 죽여도 감지할 것 같다.

"후후~♪."

"……왜 그래? 실패했는데 묘하게 기분이 좋아 보이네, 루비."

"아니, 딱히~? 무시하는 척하더니 의외로 확실하게 체크하는구나 싶어서. 다음번엔 흠씬 패 줄 거야."

무슨 소린지 모르겠다. 뭐, 기분이 좋다면야 딱히 상관없나.

"잘 풀렸네, 지 군."

필이 기쁘게 말했다. 시합장을 말하는 거겠지.

"아직 대전제가 갖춰졌을 뿐이야. 정말로 잘 풀릴지는 해 봐야 알아."

"둘만 알지 말고 슬슬 나한테도 좀 가르쳐 줘라. 이유도 모른 채 여기저기 보내기만 하고 말이야."

"다음에 뭔가 사 줄게. 용돈이 허락하는 한에서만 가능하겠지만."

"흐응~ 어디 보자."

그렇게 말한 루비는 어디선가 지갑을 꺼내 안을 검사했다.

……응?

"그거 내 지갑이잖아!"

"쯧. 귀족 도련님이면서 돈도 얼마 없네. 어쩔 수 없지. 매점에서 파는 잼빵 다섯 개로 퉁쳐 줄게. 호이."

루비가 지갑을 내 쪽으로 던졌다.

안을 확인했지만 돈이 줄지는 않은 것 같았다.

"대체 언제 훔친 거야……."

"빈틈투성이라서 나도 모르게 그만! 그렇게 어렵지 않아. 상대의 시선이 어딜 향하고 있는지를 잘 보는 게 요령이야."

"다음에 천천히 가르쳐 줘. 그러면 이번엔 내가 네 지갑을 훔치겠어."

"헤헤헤. 기대할게."

그렇게 대화하며 학원 안을 걷고 있으니 눈에 띄는 빨간 머리가 인파 속에 보였다.

"아. 이봐~, 아젤레아~!"

"우우!"

내가 부른 순간, 빨간 머리가 내 쪽을 돌아보았고, 옆에 있던 필이 경계 태세에 들어갔다.

"안녕. 뭐 해?"

"응, 안녕. 특별히 뭔가를 하던 건— 아!"

아젤레아가 갑자기 얼굴을 붉혔다.

"왜 평범하게 말 거는 거야! 싸운 것처럼 헤어진 거 잊었어?!"

"아니, 하지만 매일 만나잖아. 옆방이고, 수업도 같이 듣고. 그치? 필."

"후후후. 매일 과시하고 있어요."

"그건 그렇지만! 그렇긴 하지만! 그보다 필! 매일 밤 옆방에 있는 나한테 들리도록 『지 군, 뽀뽀해 줘~』라든가 『지 군, 포옹해 줘~』라는 말 좀 하지 마!"

역시 들렸구나……. 필이 묘하게 큰 목소리로 말해서 그럴 것 같았어…….

필이 새쭉하게 모르는 척하자 아젤레아는 한숨을 쉬었다.

"아무튼! 너무 친근하게 굴지 마! 어차피 나를 함정에 빠뜨릴 계획을 세우고 있겠지!"

"에이, 너무 그렇게 고집부리지 마, 아가씨."

"고집부리는 게 아니라— 그보다 루비! 너도 어째서 평범하게 잭 리버와 같이 행동하는 거야!"

"이런저런 일이 있었어, 이런저런 일이. 그치?"

그랬지.

"아젤레아."

나는 빽빽 시끄러운 아젤레아를 조금 진지한 음성으로 불렀다.

"왜, 왜 불러……?"

"우리는 딱히 너나 다른 녀석들을 싫어하는 게 아니라고 내가 전에 말했지?"

"기억나. ……나도 안다고 했잖아."

"더 알아줘."

그렇게 말하자 아젤레아는 짜증 난 표정을 지었다.

"더 알라니……? 내가 전혀 모르고 있다는 말이야?!"

"이미 봤을 수도 있는데, 내일 나와 엘비스의 시합이 열리게 됐어."

"……!"

아젤레아는 아픔을 견디듯 입을 앙다물었다.

나와 엘비스의 시합. 그건 즉, 내가 입학하고 나서 계속 준비한 것이 밝혀지는 날이다. 누가 이기든, 몇 주에 걸쳐 계속해 온 음습한 속임수 싸움이 만천하에 드러나서 우리는 지금 같은 관계로 있지 못하게 된다. ―그렇게 아젤레아는 생각하고 있을 것이다.

그렇기에 알아줬으면 좋겠다.

아젤레아, 너만큼은― 이렇게나 우리를 생각해 주는 너만큼은 우리의 싸움을 제대로 지켜봐 줬으면 좋겠어.

"내일, 보러 와 줘. 그러면 분명 알 수 있을 거야."

"……."

아젤레아는 도망치듯 시선을 피했다.

나는 그래도 아젤레아를 계속 바라보았다.

잠시 후, 내 끈기에 진 아젤레아가 입을 열었다.

"……알았어. 보러 가면 될 거 아니야. 네가 철저히 패배하는 모습을 말이지!"

"그래. 고마워."

솔직하게 감사를 건네자 아젤레아는 입을 꾹 다물었다.

"……흥!"

아젤레아는 얼버무리듯 빨간 머리를 휘날리더니 「그럼 안녕!」 하고 성실하게 인사하고서 떠났다. 미운 소리를 참 못하는 녀석이다.

"……우우."

"응? 왜 그래? 필."

"지 군, 저 애한테 너무 다정해!"

그런가……?

일부러 그런 건 아닌데…… 애초에 다른 녀석들은 다정히 대할 필요도 없어서 그런 것 같다.

"그렇게 다정히 대하면 저 아이도 지 군을 좋아하게 되잖아! 그러면 어떻게 책임지려고! 응?"

"잠깐, 아파, 아파!"

필이 내 뺨을 꼬집어서 쭉 늘렸다.

그 모습을 루비가 옆에서 깔깔 웃으며 보았다.

"하하하하하!! 그렇게 되면 무진장 재밌겠다! 뭣하면 나도 참전해 줄까?"

"안 돼~!!"

"아파, 아파, 아파!!"

왜 나를 공격하는 거야! 루비를 꼬집으라고, 루비를!

이렇게 평소처럼 시간이 흘러갔다.

결전은 내일.

최강의 동기

그리고 그날의 아침이 밝았다.

기숙사 방에서 깨어난 나는 그대로 다시 눈을 감고 주위 세계를『눈』으로 느꼈다.

아직 이른 아침이라서 사람은 별로 없다. 새들이 주변을 날아다니며 먹을 것을 찾고 있다. 그 사냥꾼의 눈을 피하기 위해 벌레들이 바쁘게 움직인다.

생물뿐만이 아니다. 바람 하나만 봐도 많은 것을 이야기한다. 풍향, 속도, 양, 궤도— 책을 몇십 권이나 채울 정보가 순식간에 노도와 같이 머릿속에 들어왔다.

아아…… **고요하다**.

너무나도 고요한 소란이다.

나는 이런 고요한 장소와 시간을 좋아했다.

눈을 뜨고 일어나 침대에서 내려갔다. 오늘은 평일이다. 수업이 있다. 급수전이 있는 날은 수업이 늦게 시작하고 빨리 끝나지만, 빼먹을 생각은 없었다.

교복으로 갈아입고 책상 위에 뒀던 펜던트를 집어 들었다.

늘 몸에 지니고 다니는…… 어머니의 유품이었다.

—쿤츠, 강해지렴.

—이 나라에, 백성에게 보여 주는 거야. 네가 최강이라

는 것을.

푸른빛을 내는 그것을 꽉 움켜쥐고— 바지의 왼쪽 주머니에 넣었다.

"야옹."

고양이 쿄우가 창가에 앉아 몸을 둥글게 말고 있었다. S반 학생 모두가 돌아가며 당번이 되어 돌보고 있지만, 내가 챙겨 주는 일이 많아서 그런지 나한테 오는 일이 많았다.

"……다녀올게."

나는 쿄우의 등을 쓰다듬고 방을 나섰다.

◆

일찌감치 S반 교실에 들어가자 선객이 있었다.

"안녕."

평소와 전혀 다름없이 인사해 와서 나는 쓴웃음을 지었다.

"……뭐야. 최대한 안 만나려고 일찍 왔더니."

"만나기 싫었어?"

"싸우기 전에 이렇게 평범하게 만나서 인사하는 것도 맥이 빠지잖아."

"그러게."

완벽한 컨디션으로 싸우기 위해 급수전이 있는 날은 수업이 짧았고, 땡땡이쳐도 별말 듣지 않았다. 하지만 일부러 쉬는 것도 묘하게 의식하고 있는 것 같아서 싫었기에 타협하여 일찍 온 건데…….

"필리네 양은?"

"일어나기 전에 나왔어. 지금쯤 내가 남기고 온 편지를 발견하고 난리 치며 아젤레아를 그 난리에 끌어들이고 있으려나."

"너무하네."

"누가?"

"노코멘트할게."

특별히 뭔가 달라진 것도 없이 대화가 흘러갔다.

"상태는 어때?"

"네가 묻는 거야? ……뭐, 할 수 있는 건 다 했으려나."

"그런가. 그럼 조심해야겠네."

"능청스러워라."

"본심이야."

"그래서 무서운 거야."

"무서워?"

"가늠이 안 되니까."

"그럼 나도 네가 무서운데."

"가늠이 안 돼?"

"안 돼."

"전부 보이잖아? 그『눈』으로."

“어이쿠, 그 수법엔 안 넘어가.”

“칫.”

“후후. 그런 점이 가늠이 안 된다는 거야.”

“면전에서 혀를 차는 게?”

“면전에서 혀를 차는 모습을 보여 주는 게.”

“잘 모르겠네…….”

“나는 문득 그런 생각을 해. 너는 진짜 모습을 보여 주고 있는 걸까? 여기 있는 잭 리버의 모습은 진짜 네가 아닌 게 아닐까?”

나는— 멈출 뻔한 숨을 간신히 내쉬었다.

“……그게 무슨 말이야. 나도 이해할 수 있게 얘기해 줘.”

“딱히 특별한 일은 아니야. 인간에게는 겉으로 보여 주는 면과 속에 숨기고 있는 면이 있다는 거지.”

“너한테도 있어?”

“있어, 당연히.”

“너의 이면이라……. 그다지 상상이 안 가네.”

“반대로 나는 겉으로 보이는 내 모습이 어떤지 잘 모르겠어.”

“너는 천재야.”

“자주 들어.”

“왕족이면서 으스대지 않고, 오히려 저자세고, 확실히 말해서 위엄은 별로 없어.”

"그 말도 자주 들어."
"하지만 강해. 농담처럼."
"그 말도…… 확실히 듣긴 하지."
"불만스러워 보이네."
"불만스러워. 불만스럽기만 해."
"이렇게나 칭찬받는데? 불만스러울 것도 많다."
"그래서야. 아무리 칭찬받아도 그걸 불만스럽게 여기는 나 자신이 불만스러워."
"네가 바라는 건 뭔데?"
"아마 너랑 똑같을걸."
"그럼 동시에 말해 볼까?"
"좋아. 그게 공평하지."

""—누구보다도 강해지고 싶어.""

"거봐, 똑같아."
"하지만 나랑 너는 달라."
"그렇지. 너는 왜 강해지고 싶어?"
"너야말로. 왜 강해지고 싶어?"
"너는 누군가를 지키고 싶었겠지."
"너는 누군가에게 인정받고 싶었겠지."
"최강이 되는 것은 수단에 불과해."

"최강이 되는 것이 지고지상의 목적이야."
"손 닿는 범위가 너의 행복이야."
"눈에도 보이지 않는 저편이 너의 꿈이야."
"그렇기에."
"그렇기에."

""너보다 내가 더 강해.""

교실에 잠시 침묵이 감돌았다.
문밖 복도에서 누군가의 발소리가 들렸다.
"그만할까."
엘비스가 살포시 미소 지었다.
나도 그에 맞추듯 쓴웃음을 지었다.
"그래. 아무리 말해도 결국은 이기거나 지거나 둘 중 하나지."
앞으로 몇 시간이 지나면 모든 것이 결정된다.
내 책략이 진짜 천재에게 통할 것인지.
나와 엘비스 중에서 대체 누가 더 강한지.
"—아, 정말! 잭 리버! 이 아이 좀 어떻게 해 줘!"
"앗! 지 군이다~!!"
문이 드르륵 열리더니 아젤레아와 필이 들어왔다. 필은 마치 기생하듯 아젤레아의 등에 들러붙어 있었다. 필……

너희 교실은 여기 아니잖아.

곧 루비와 가웨인도 등교했고, 교사인 라켈도 나타났다.

그렇게 수업은 평소처럼 진행되었다.

"후……."

나는 시합 전 대기실에서 달그락거리며 나무 블록을 가지고 놀고 있었다.

이따금 테이블에 늘어놓기도 하고, 하염없이 쌓아 올리기도 했다.

옆에서 필이 그 모습을 신기하게 보고 있었다.

"가끔 이러는 걸 보는데, 뭐 하는 거야?"

"응? 아아…… 루틴이야."

"루틴?"

"정령술을 쓰기 전에 하는 준비 운동이라고 할까, 정신 통일이라고 할까, 버릇이라고 할까. 나는 아주 어렸을 때 블록으로 정령술을 연습했거든. 그래서 그런지 이렇게 블록을 만지고 있으면 감각이 트이는 기분이 든단 말이지……. 너도 그런 거 있지 않아?"

"아니~ 없어~."

"없구나……."

정령술사는 대체로 자신만의 정신 통일법을 가지고 있다

고 라켈한테 들었는데 말이지.

뭐, 그 부분에 관해서 이 녀석은 예외인가.

"나는 이렇게 때때로 블록을 가지고 노는 정도지만, 정해진 옷을 안 입으면 출력이 떨어진다든가, 포즈를 취해야 정령술을 쓸 수 있는 사람도 있다는 것 같아."

"흐에~ 불편하네~."

"그렇지도 않아. 그렇게 제약이 강한 루틴을 가지고 있는 사람은 대체로 강한 정령술을 쓰거든."

루틴의 제약이 강하다는 것은 그만큼 효율적으로 깊이 정신을 통일할 수 있다는 뜻이니까.

"흐응~ 스승님도 그런 게 있을까?"

"스승님은 배불리 먹는 거랬어."

"하아~ 그렇구나~."

굶어 죽을 걱정이 없어지기 때문이라고 했다. 납득.

"……자, 그럼."

나는 일어섰다.

"슬슬 갈까. 너는 관객석에 있는 애들한테 가."

"응! 힘내!"

그렇게 말한 필은 내 입에 쪽 키스했다.

"……너는 정말 내 의욕을 잘 북돋는 것 같아."

"에헤헤~♥ 칭찬받았다."

"힘내고 올게."

이건 그 악몽 같은 나날을 되풀이하지 않기 위해서 피해 갈 수 없는 길이다.

오늘, 나는 최강을 향해 한 걸음을 내디딘다.

◆

『자! 마침내 이때가 찾아왔습니다! 2급 리그전 제8회전!! 엘비스 쿤츠 윈저 2급 대 잭 리버 2급!! 슈퍼 루키 두 사람의 전승 대결입니다!! 저는 실황 중계를 맡은 제37기 지원과 B반의 에밀리 오하라입니다!!』

나는 관객석에서 시합이 시작되길 기다리고 있었다.

옆자리에는 루비, 가웨인, 라켈 선생님도 있었다.

잭 리버를 응원하러 대기실까지 간 필도 곧 합류할 예정이다.

……뭔가 신기하다.

루비와 가웨인의 시합이 있었던 그날, 이제 우리는 친목회 때 같은 관계로 돌아갈 수 없을 거라고 생각했다.

그게 생각보다 더 슬프고 서운해서.

매일 교실에서 만나는데도 줄곧 혼자 있는 기분이었다…….

그런데 우리는 이렇게 다시 같은 곳에 있다.

……지금은 아직…… 두 명이 부족하지만.

나는 여전히 불안하다.

이 시합이 어떤 결과로 끝날지는 모르겠다.

하지만 어느 한쪽이 진다는 것만큼은 분명하다.

한 명은 아주아주 분한 기분을 느낄 것이다.

그렇게 되면 결국 또 뿔뿔이 흩어져 버리는 게 아닐까…….

—이 시합을 보라고 잭 리버는 말했다.

그러면 더 알게 될 거라고.

잭 리버는 내게 뭘 전하려는 걸까.

내게 뭘 알려 주고 싶은 걸까.

그 답도…… 조금 있으면 전부 알 수 있다.

『해설자는 1회전에 이어서 또 이분! 우리의 학원장, 툴라 클리즈 영세영왕입니다!! 어떠신가요? 영왕님. 학원에서 제일 큰 제1투술장이 만원사례입니다! 내빈석조차 유명한 귀족가의 대표자로 꽉 차 있습니다! 틀림없이 올해 가장 주목도가 높다고 할 수—.』

『아~~ 피곤해~~!! 다시는 안 한다, 바보 등신. 고작 급수전에 이런 규모의 시합이라니! 인원 배치니, 경비 강화니, 얼마나 수고가 들었는지.』

『어어, 죄송합니다. 우리 학원장님은 피곤하신 것 같습니다. 일단 방송을 끝내겠지만, 여러분, 아무쪼록 그대로 기다려 주세요! 윈저 2급 vs 리버 2급, 이번 시즌 2급 리그의 미래를 점칠 전승 대결은 곧 시작됩니다!!』

◆

……키득. 키득키득키득. 키득키득키득키득키득키득키득키득……!

아아, 계속 웃음이 나요. 오빠, 오빠오빠오빠……! 얼른 보여 주세요. 오빠의 활약을 어서 보여 주세요. 오빠가 얼마나 멋진지 아직 모르는 이 어리석은 녀석들에게 그 강함을 확실하게 보여 주세요!

아아…… 아아, 아아, 아아……! 달아오른 몸이 식질 않아요. 오빠가, 나의 오빠가, 이 많은 관객을 일제히 놀라게 할 그 순간을 상상만 해도…… 응…… 읏……♥ ―후후. 위험했네요……. 또 속옷이 더러워질 뻔했어요…….

이제는 알겠어요. 머리가 텅텅 빈 것 같은 동급생이 교실에서 나불나불 남친 자랑을 했던 이유……. 과시하고 싶었던 거예요. 내가 좋아하는 사람이 얼마나 대단한지, 최대한 많은 사람에게 보여 주고 싶었던 거예요.

그리고 말해 주고 싶어요. 의기양양하게.

―저 사람이 내 애인인데 무슨 문제라도?

아아……! 분명 섹스하는 것만큼 기분 좋을 거예요!

……그런데 왜일까요?

왜 이렇게…… 저는 짜증이 나는 거죠?

욕구 불만일까요? 그렇다면 참아야죠……. 참을성이 없

는 게 저의 단점이에요.

전부 순조로워요. 예정대로예요……. 걱정할 건 전혀 없어요.

오빠는 분명 제 사랑을 받아 줄 거예요.

참자, 참자.

……참자, 참자…….

신동 vs 신동

『—자! 오래 기다리셨습니다! 클리즈 영왕도 어떻게든 부활하셨으니 방송을 재개하겠습니다!』

『나는 솔직히 이만 돌아가서 자고 싶다.』

『그런 말씀 마시고요! 지금까지 모든 시합을 이긴 슈퍼 루키, 엘비스 쿤츠 윈저 2급과 잭 리버 2급의 대결인데, 이번 시합의 주목할 점이라면?!』

『음~? 그래……. 역시 리버가【쟁란의 왕권】에 맞서 어떤 대책을 세웠는가를 봐야겠지.』

『【쟁란의 왕권】이라면 〈방관하는 소란의 파이몬〉의 정령술이죠?』

『맞다. 〈파이몬〉은 별난 정령이야. 분령이 없는 데다가 왕족에게만 깃들지. 단, 강력한 정령술이라는 것은 확실하다. 정령술사 길드의 정회원도 상대하길 망설일 거야.』

『윈저 2급의 정령술에 관해서는 여전히 그 전모가 밝혀지지 않았습니다. 영왕님은 자세히 아시나요?』

『뭐, 오래 살았으니 말이다. 웬만한 건 알고 있다. 시합 전개에 따라 해설할 수도 있지만, 같은 2급 녀석들은 이미 거의 알고 있을 거다. 물론 리버 녀석도.』

『그렇군요! 그럼 리버 2급의 정령술은 어떨까요?』

『그것도 이미 다들 알고 있겠지.』

『【자립의 투익】인가요?』

『맞다. 무게를 없애는 정령술이지. 정령술 자체는 그리 드문 종류가 아니지만, 리버 녀석은 제어력이 아주 뛰어나. 공중 도약을 할 줄 아는 꼬맹이는 처음 봤다.』

『그 외에도 리버 2급은 상대의 무기나 신체, 또는 자기 자신의 무게를 지워서 공격을 무효화하는 기술을 보여 줬습니다. 리버 2급에게 상처를 입히려면 불꽃이나 번개처럼 실체가 없는 것으로 공격할 수밖에 없다는 말도 나오고 있죠.』

『그것도 하루아침에 할 수 있는 일은 아니다. 아마 스승에게 농담 같은 훈련을 받았겠지. 온종일 기습을 당하는 식으로.』

『우와, 생각하기도 싫네요.』

『아무튼 리버는 솜씨만 보면 이미 학원 제일이다. 그러나 출력은 불안해.』

『【자립의 투익】으로 띄울 수 있는 중량은 1톤이 한계라고 하니 말이죠. 그 정도 화력으로 윈저 2급을 이길 수 있을 것인가! ―자! 시간이 됐습니다! 대전자 입장입니다!』

◆

아레나의 끝과 끝에서 두 사람이 모습을 드러내자 터질 듯한 환호성이 시험장을 뒤덮었다.

나는 귀를 막고 외쳤다.

"……아, 정말! 항상 이래! 조용히 좀 볼 수 없나?!"

"에이, 뭐 어때. 떠들썩해서 좋잖아. 그치? 필."

"지 군, 힘내~!!"

조용히 보는 사람은 가웨인과 라켈 선생님뿐이었다.

……뭐, 가웨인은 조용하다기보다 엄숙한 느낌이고, 라켈 선생님은 밖에 있는 노점에서 사 온 듯한 과자를 오도독오도독 먹고 있지만.

내 시선을 알아차린 라켈 선생님이 들고 있던 봉지를 내밀었다.

"……먹을래?"

"……하나만요."

무시하기도 미안해서 봉지에서 하나만 집었다.

쿠키네. ……달다. 홍차 마시고 싶다.

오도독오도독 쿠키를 먹으며 아레나를 내려다보는 라켈 선생님을 보고 나는 슬쩍 물어보기로 했다.

"라켈 선생님은…… 잭 리버에게 승산이 있다고 보시나요?"

선생님은 나를 힐끔 보고 대답했다.

"……지금은 모두의 선생님이니까. 누군가를 편드는 말은 할 수 없어."

"앗, 그러네요. 죄송해요."

"하지만."

희미하게.

장난이라도 치듯 라켈 선생님은 미소 지었다.

"잭은 약았어. 네가 생각하는 것보다 훨씬."

"……네……?"

약았다고? 강한 게 아니라……?

『두 사람이 정해진 위치에 섰습니다! 카운트를 시작합니다!』

나는 황급히 아레나로 시선을 되돌렸다.

두 사람의 거리는 15미터.

무슨 공격을 하든 한 걸음을 내디뎌야만 하는 거리다.

잭 리버와 엘비스 씨는 서로의 얼굴을 응시하며 천천히 자세를 잡았다.

『—5! 4!』

지금부터 두 사람이 싸우고…… 어느 한 명이 진다.

아주 분한 일을. 아주 비참한 일을 겪게 된다. 가웨인에게 졌던 루비처럼…….

그걸 지켜보라고 잭 리버는 말했다.

내일부터는 이제까지처럼 서로를 보며 웃을 수 없을지도 모르는데— 그런데도 지켜보라고 했다.

『3! 2!』

나는 아직 모르겠다.

하지만 둘 중 한 명이 땅에 무릎을 꿇을 때— 분명 그 의미를 알 수 있을 것이다.

그때가 오는 것이 무섭다.

하지만…… 그래도 피하고 싶지는 않았다.

분명 나라면 도망치지 않을 거라고— 그렇게 믿어 줬다는 것 정도는 알 만큼…… 나도 잭 리버를 알아 버렸으니까.

『1!』

그러니까— 보여 줘, 잭 리버.

이 자비 없고 가차 없는 학원에서 우리가 어떻게 살아가야 하는지를.

『—시합, 개시입니다!!』

그 순간, 엘비스 씨가 정령의 화신을 꺼냈다.

먼저 치는 사람이 이기는 법.

급수 배정 시험을 포함하면 지금까지 여덟 번이나 반복된 엘비스 씨의 승리 패턴 중 하나였다.

다들 환영을 보았을 것이다. 보이지 않는 거인이 든, 보이지 않는 거대한 망치. 그것이 흡사 번개처럼 내리찍히는 환영을.

예비 동작도 없고.

유예 시간도 없고.

방어 수단도 없다.

잭 리버가 선 바닥이 원형으로 투쾅!! 가라앉았다!

『나왔습니다—!! 윈저 2급의 「크레이터 크리에이터」— 아앗?!』

—없다!

아레나에 뚫린 구멍 속에 잭 리버의 모습은 없었다!

하지만 내 눈은 간신히 포착했다. 깔리기 직전에 잭 리버가 엄청난 속도로 거리를 좁히는 것을……!

근접전을 시도하는 것은 저 중압 공격의 대표적인 대책 중 하나다. 하지만—!

『클리즈 영왕! 이건 어떻게 된 거죠? 리버 2급의 【자립의 투익】은 무게를 없애는 정령술. 「크레이터 크리에이터」의 정체가 뭐든 간에, 중량을 이용한 공격이라면 무효화하거나 경감할 수 있을 텐데요…….』

『설령 그렇게 이기더라도 정령술 상성으로 이긴 것이 되니까 말이다.』

『그러면 안 되나요?』

『그야 그렇겠지. 정령술 상성으로 이기더라도 윈저에게 패배가 하나 생길 뿐이다. 그러나 윈저의 정령술을 완전히 공략하여 누구나 이길 수 있는 필승법을 고안해 낸다면 이

후에 싸우는 상대도 그걸 흉내 내어 윈저에게 이길 수 있지. ―즉, 리버 녀석은 윈저를 그저 이기는 것이 아니라 이 급수전이라는 무대에서 실각시키려는 거다.』

『맙소사! 시합 이후까지 생각해서 일부러 유리한 방식을 버린 건가요!』

『좀 더 말하자면, 그 필승법의 정보를 밑천 삼아 거래하면 다른 녀석들의 정보도 쓸어 담을 수 있겠지. 정보전에서 매우 유리해지는 거다. 그걸 생각하면 이 정도 위험은 공짜나 다름없다.』

가슴속에 답답함이 퍼져 나갔다.

싫어하는 건 아니라고 잭 리버는 말했다.

하지만 정말로, 이후에도 똑같은 말을 할 수 있을까?

이렇게까지 철저히 적대시당했는데 엘비스 씨는 평소처럼 부드럽게 웃어 줄까……?

"―아젤레아, 제대로 봐 줘."

나는 목소리에 이끌려 라켈 선생님의 차분한 얼굴을 보았다.

"잭도 엘비스도 힘껏 싸우고 있어. 그게 가장 좋다는 걸 아니까."

힘껏 싸우는 게…… 가장 좋다고?

이야기하는 사이에 시합은 두 번째 국면에 들어가 있었다.

잭 리버가 도수공권으로 맹렬한 연타를 가하고 있었다.

한두 방은 맞아도 지장 없을 것 같다고 생각하기 쉬운데, 잭 리버의 주먹은 보기와 달리 독수다.

어쨌든 한 번이라도 접촉하면 그 순간 공중에 뜨게 되니까.

지하 서고에서 있었던 일이 생각나서 얼굴이 조금 뜨거워졌다.

나는 몸소 겪어서 알고 있다.

허공에 띄워진 인간은 놀라우리만큼 아무것도 할 수 없다는 것을—.

하지만.

『윈저 2급! 피하고, 피하고, 피합니다아아—!!「크레이터 크리에이터」에 이은 윈저 2급의 필승 기술!「커튼 댄스」입니다! 마치 바람에 흔들리는 커튼과 춤추는 것 같은 기분이 들기에 어느 순간부터 이렇게 불리게 된 이 기술! 깨부순 사람은 아직 한 명도 없습니다!!』

잭 리버의 맹렬한 연타는 한 대도 엘비스 씨에게 닿지 않았다.

정말 바람에 흔들리는 커튼을 주먹으로 뚫으려는 것 같았다. 거기에 실체가 있는지조차 불안해질 만큼 그건 너무나도 완벽한 회피였다.

『최소한의 움직임! 최소한의 회피! 윈저 2급의 동작에는 군더더기가 전혀 없습니다……!』

『대단하구나. 저 나이에 이토록「왕안」을 잘 구사할 줄이야…….』

『「왕안」이요?』

『아. 이런.』

『영왕님! 자세히 들을 수 있을까요?!』

『으음…… 뭐, 상관없나. 이건 왕가가 은폐하고 있는 것인데—.』

『네, 죄송합니다! 역시 안 듣기로 하겠습니다!』

『저 꼬맹이가 학원에 들어온 걸 보면 어차피 원저 가문도 각오했을 것이다. 안심해라. —【쟁란의 왕권】은 간단히 말하자면 「인과」를 보는 힘이다.』

『네? 「인과」요?』

『이 세상은 원인과 결과로 이루어져 있다. 그 연결 고리를, 오감을 통해서가 아니라 직접 감지하는 능력—이라고 하면 될까? 「왕안」을 가지지 않은 우리는 상상하기 어렵지만, 전설에 의하면 만 명이 넘는 민중의 표정 하나하나를 순식간에 인식할 수 있다고 한다.』

『만 명의 얼굴을 말인가요?!』

『뭐, 왕족이란 것은 자신들의 힘을 크게 보이고 싶어 하니 말이다. 대체로는 그렇게 거창한 힘도 아니다. 인과의 모든 것을 볼 수 있는 건 아니고, 뭔가 하나의 개념을 보는 데 특화된 경우가 많지. 원저 녀석은— 십중팔구 공기겠지.』

공기를 본다—.

그 말을 듣고 나는 바로 납득했다.

『공기의 인과를 보는 것. 그 흐름, 강함, 속도, 그것들을 정확히 알 수 있는 힘. 그걸 이용하면 인간의 움직임을 예측하는 것 정도는 쉬운 일이겠지. 손가락 하나 까닥하는 것만으로도 주위의 공기는 움직이니 말이다.』

『윈저 2급은 공기의 움직임을 보고 상대의 움직임을 예지하는 거군요! 그럼 그 깔아뭉개는 공격―「크레이터 크리에이터」는……?』

『그 촌스러운 이름은 차치하고, 기술의 원리는 「왕안」에 의한 인과시의 응용이다.』

『응용이요?』

『원인의 결과를 다르게 보는 거지. 요약하면 그게 다다.』

『결과를 다르게?』

『그래서 【쟁란의 왕권】이 왕의 힘인 것이다. 인과에 대한 절대 관측권. 예를 들어 부채를 한 번 부쳤다고 하자. 보통은 산들바람만 생기겠지만, 【쟁란의 왕권】의 술자가 「폭풍이 생겼다」라는 결과를 관측하면 실제로 그렇게 된다.』

『네? ……이, 이해가 안 되는데…… 그러면 만능 아닌가요?』

『그렇게 편리한 힘도 아닌 모양이야. ……히히히! 특히나 오늘은 이렇게나 많은 사람이 모였으니―.』

『사람이요? 그게 대체 무슨― 아앗?!』

캐스터가 외침과 동시에 관객석도 「오오」 하고 들썩였다.

팔을.

엘비스 씨가 팔을 내밀었기 때문이다.

잭 리버가 날카롭게 내지른 주먹을 막기 위해.

그건― 엘비스 씨가 처음으로 보인 **방어**였다.

『마, 막았습니다아아아―!! 지금까지 철저히 회피해 왔던 윈저 2급이! 처음으로! 그렇습니다, 처음으로!! 대전 상대와 접촉했습니다아아아―!!』

닿은 것은 옷이었기에 【자립의 투익】으로 띄워지지는 않았다.

하지만 그 후로도 엘비스 씨는 잭 리버의 주먹을 완벽하게 피하지 못하고 이따금 팔로 방어했다.

『이, 이건 대체?! 왜 「커튼 댄스」에 틈이 생긴 걸까요?!』

『히히히히! 잘 생각해 봐라. 아무리 성능 좋은 「눈」을 가지고 있어도, 얻은 정보를 처리하는 머리는 한계가 있느니라.』

『하아. 그건 그렇죠. 네.』

『그럴진대 이 관객 수와 이 떠들썩함이다. ―내뱉는 숨은 얼마나 될까? 아까 말하지 않았느냐. 윈저의 「왕안」은 공기의 상태를 정밀하게 감지한다. 우리에게는 그저 「떠들썩한 소리」인 것이 윈저에게는―.』

『아아! 설마!』

『그래. 윈저는 어디 있는 누가 어떤 식으로 낸 소리인지까지 하나하나 확실히 알게 되는 거다. 이전 시합까지는 한층 작은 투술장에서 싸웠고 관객도 이렇게 많지 않았다. 하지만 오늘은 학원이 시작된 이래 최고 수준이라고 해도 될 정도인 관객 수이니— 집중력이 다소 흐트러지더라도 그리 이상한 일은 아니지.』

『집중력이 다소 흐트러지는 정도로 끝난다니 믿을 수가 없는데요!』

『그렇지. 보통 사람이라면 순식간에 머리가 망가질지도 모른다. 히히히!』

『하지만…… 혹시 말입니다. 이게 리버 2급의 책략인 건 아닐까요……?』

『글쎄. 어떨까. 노코멘트하겠다. 뭐, 물밑에서 유난히 부추기는 녀석들은 있었던 것 같다만.』

"크아~! 잭 녀석, 이걸 노린 거였나!"

루비가 분한 건지 기쁜 건지 판단하기 어려운 모습으로 무릎을 쳤다.

가웨인은 못마땅한 얼굴로 말했다.

"이런 괴롭힘 같은…… 비겁한 수법을……!"

"싸움에 비겁하고 자시고가 어디 있어? 이래서 고지식한 기사님은 안 된다니까."

"뭐라고?"

"반대로 묻겠는데, 그럼 네가 나한테 한 짓은 어떤데? 사전에 상대를 조사하고, 대책을 세우고, 실행했지. 이건 비겁한 일이야?"

"……아니."

"잭이 한 일도 그거랑 똑같잖아. 왕자님이라면 오히려 화내기는커녕 기뻐할걸? 자기 한 명 쓰러뜨리겠다고 이렇게까지 해 주다니 영광이라고 말이지."

가웨인은 잠시 눈을 크게 떴다가 말했다.

"……그렇지. 네 말이 맞아. 내가 틀렸어."

"오? 어, 응. 뭐야, 순순히 인정하네."

"틀렸다면 사과한다. 당연한 일이야. 설령 상대가 슬럼가 출신의 야생 고양이여도 말이지."

"어엉?! 역시 해보자는 거냐?!"

"언제든 덤벼. 굳이 다음 시즌 급수전까지 기다릴 것 없이 받아 주지."

오히려…… 화내기는커녕 기뻐할 거라고?

엘비스 씨의 그 모습은 확실히 쉽게 상상이 갔다.

전력으로 격파하고, 격파당하고— 그렇기에 상대를 인정하고 있었다.

이게 바로 내게 알려 주고 싶었던 것일까……?

"하지만."

가웨인이 엄격한 눈으로 아레나를 내려다보며 말했다.

"이건 간단히 쓸 수 있는 방법이 아니야. 이번에 특수한 조건이 갖춰지면서 처음으로 가능해진 일이지. 누구나 쓸 수 있는 필승법을 확립한다는 리버의 목적에는 부합하지 않는 것 같은데…….”

“흐흥~!”

그때 어째선지 필이 작은 가슴을 쭉 폈다.

“실은 아직 더 있어~!”

그 순간, 관객들이 일제히 크게 술렁였다.

『아앗?! 이, 이건―?!』

아레나로 시선을 되돌린 나는「아!」하고 외쳤다.

잭 리버의 주먹이―.

엘비스 씨의 배에―.

―깊이 꽂혀 있었기 때문이다.

『히…… 히트으으으으―!! 윈저 2급! 마침내! 마침내! 마침내!! 첫! 대미이이이이이지!!』

◆

―끼릭―!!

……이라고 형용할 수밖에 없는 노이즈가 내 머릿속을 휘젓고 있었다.

―이건…… 뭐야!

방대한 노이즈를 헤치고 어떻게든 잭 군의 움직임을 포

착했다.

하지만— 젠장! 틀렸다……! 아무리 찾아도 노이즈의 바다가 잭 군의 정보를 삼켜 버린다……!

이 노이즈는 뭐지……. 관객의 소리와는 비교도 되지 않는다. 이런 폭음이 근처에서 울리고 있는데 다들 신경도 안 쓰이는 건가?!

설마— 안 들리나?

이 소리는 나한테만…… 『왕안』으로만 감지되는 건가?

나는 지금까지 계속 피하려고만 했던 그 노이즈에 『왕안』의 초점을 맞췄다.

이건……!

『왕안』의 초점을 더 이동했다.

머리 위에 있는 하늘로.

"—젠장……!"

한 방 먹였구나, 잭 군……!

많은 관객으로 『왕안』을 방해한 것은 그저 덤이었다.

저게 바로 진짜로 준비한 것이었다.

아무도 모르게 저것이 둥지를 틀게 하려면 평소에는 쓰이지 않는 이 투술장이어야만 했던 거다……!

—때 이른 박쥐가 하늘에 대량으로 날아다니고 있었다.

◆

『히히히히히! 히~히히히히히히히!!』

대사조님이 방송으로 크게 폭소했다.

우리는 뭐가 뭔지 알 수 없었다.

다만 어째선지.

해가 저물기도 전에 수많은 박쥐가 아레나 상공을 날아다니고 있는 것에 당혹스러워할 뿐이었다…….

『바…… 박쥐? 박쥐입니다! 하늘을 뒤덮은 박쥐 떼가 아레나 상공을 날아다니고 있습니다! 이, 이건 대체…….』

『히히히히! 한동안 안 썼더니 그사이에 자리를 잡았나! 어쩔 수 없구나, 어쩔 수 없어! 멋대로 모여들어서 멋대로 자리를 잡았으니, 누군가의 고성능 눈이 초음파에 뒤덮여도 사고다, 사고!! 히~히히히히히!!』

『……아! 들은 적이 있습니다! 박쥐는 어둠 속에서도 안전하게 비행하기 위해 눈을 쓰지 않고, 들리지 않는 소리를 이용하여 주위 상황을 파악한다던데! 혹시 박쥐가 내는 들리지 않는 소리를 윈저 2급의 「왕안」이……?!』

『당연히 감지하겠지! 소리는 곧 공기의 진동이다! 윈저에게는 아무 의미도 없는 거슬리는 잡음일 뿐이겠지만 말이다!!』

말도 안 돼……?! 저 박쥐도 잭 리버가 준비한 거란 말이야?!

대체 누가 어떻게 이런 일을—.

그렇게 생각한 순간, 나는 바로 옆에 있는 여자아이를 보았다.

"피…… 필?"

"응~?"

필은 평소보다 더 싱글벙글했다.

"그러고 보니…… 네 정령술은, 뭐였지……?"

돌이켜 보면.

상당한 빈도로 얼굴을 마주하고 있음에도 불구하고, 나는 필이 정령술을 쓰는 모습을 본 적이 없다.

첩보과 A반에 들어갈 정도인 정령술이 어떤 것인지 들은 적도 없었다.

후후, 하고 필은 장난스럽게 웃었다.

"비 · 밀♪."

—이 아이다.

어떻게 했는지는 모르겠지만, 필이 이 투술장에 저 많은 박쥐를 불러들여서 둥지를 틀게 한 것이다.

그리고 관객을 대량으로 모아서 시합장을 이 투술장으로 바꾸게 했다……!

규칙 위반을 아슬아슬하게 벗어난— 아니, 설령 위반했더라도 증거는 어디에도 없다. 징계받을 우려가 없는 완전

범죄!

그래서 대사조님은 저렇게 웃고 계신 거다.

저 폭소는 자신을 속이고 이용한 잭 리버와 필리네 포스포드에게 보내는 칭찬이자 항복 선언.

두 사람의 책략이 현역 최강의 정령술사를 웃돌았다는 증거……!

『즈, 즉…… 원저 2급의 「왕안」이 저 박쥐 떼에 의해 봉인됐다는 건가요……?!』

『무리해서 쓰면 저렇게 끝없는 늪에서 버둥거리는 꼴이 되는 것이다. 그게 싫다면 「왕안」을 안 쓸 수밖에 없고—.』

마침 대사조님께서 그렇게 말씀하셨을 때였다.

엘비스 씨가—.

줄곧 감고 있었던 눈을, 떴다.

『—그건 **누구나** 예상할 수 있는 일이지.』

◆

이 이상 『왕안』을 쓰면 안 된다.

그렇게 판단하고 눈을 뜬 순간—.

나는 내가 손바닥 위에서 놀아났음을 알았다.

『왕안』에서 통상적인 오감으로 감각을 전환하는 그 순간.

아주 잠깐이지만 확실히 생기는 지각의 빈틈.

잭 군이 기다렸던 게 바로 그거였다.

직전까지 간신히 포착했었을 터인 장소에 잭 군은 없었다.

완전히 허를 찔렸다.

아주 짧은 한순간, 사고가 공백으로 물들었다.

상대를 놓치다니, 언제 마지막으로 경험했는지 떠올릴 수도 없을 만큼 오랜만이었으니까.

—그러니까 그건.

초감각 같은 사치스러운 게 아니라.

직감 같은 거창한 게 아니라.

단순한— 우연이었다.

뒤돌아보니 그곳에 있었다.

잭 군은 허리에 찬 검집에서 검을 뽑고 있었다.

지금까지 시합 중에는 결코 뽑지 않았던 그 검을.

그리고 위로 치켜들었고.

“아……?!”

—나는 아지랑이처럼 일렁이는 거대한 공작새를 보았다.

◆

『어……?!』

캐스터뿐만 아니라 모두가 놀란 목소리를 낸 직후.

투술장이 흔들렸다.

“꺄악—?!”

“우오—?!”

충격파가 관객석 안쪽까지 오며 여기저기서 비명이 터졌다.

나는 순간적으로 앞자리의 등받이를 잡았다.

뒤늦게 굉음이 울려 전신이 찌르르 떨렸다.

그건 몸이 움츠러드는 수준을 넘어 등뼈를 전부 조각내는 듯한 무게라서 몸이 굳었다.

“뭐…… 뭐야, 이 위력……?!”

“……역시 써 버렸네.”

라켈 선생님이 한숨을 쉬듯 중얼거리는 것이 들렸다.

써 버렸다고? 대체 뭐를……?!

잭 리버는 시합할 때 항상 허리에 차고 있던 검을 뽑아서 엘비스 씨를 향해 내리친 것처럼 보였다. 고작 그것만으로—.

—아니.

정확히 말하면 보인 것이 그게 전부는 아니었다.

검이 휘둘리기 직전에— 잭 리버의 등 뒤에 커다란 공작

새가 나타난 것 같았는데…….

『어, 엄청난 위력입니다—!! 마침내 사용된 리버 2급의 검! 그 위력이 이 정도일 줄은 상상도 못 했습니다!! 아, 아니, 그 이전에, 그, 뭔가 보인 것 같은데요!! 기분 탓인가요?!』

『히~히히히히!! 라켈 녀석, 나한테까지 숨겼구나! 히히히히히히!!』

아레나를 뒤덮은 분진이 점차 걷혔다.

인영 두 개가 분진 커튼에 희미하게 떠올랐다.

두 사람은 정지해 있었다.

어느 쪽도 쓰러지지 않은 채—.

『양쪽 모두 건재한 것 같습니다!! 하지만…… 아……?!』

술렁거림이 잔물결처럼 관객석에 퍼져 나갔다.

분진이 사라지고 전모가 밝혀지면서.

두 사람 **이외**의 모습이 세상에 드러났기 때문이다.

하나는 엘비스 씨의 등 뒤에 선, 호리호리하고 중성적인, 머리에 호화로운 왕관을 쓴 인간의 모습.

—정령 서열 9위, 〈방관하는 소란의 파이몬〉.

그리고— 또 하나는.

스테인드글라스처럼 다채로운 날개를 가진…… 거대한, 공작.

그것은 마치 깃털의 눈 모양으로 지켜보는 것처럼 잭 리버의 등 뒤에 서 있었다…….

여기 있는 사람들이— 다소나마 정령술과 관련이 있는 사람들이 그 정체를 모를 리 없었다.

—정령 서열 65위, 〈숭고한 이별의 안드레알푸스〉!

『저…… 정령의 화신?! 뭐, 뭐야, 저거. 저거 뭐야?! 잭 꿍은「본령 빙의자」였어?!』
『증거가 있구나. 저 검을 봐라!』
『검? ……아아?!』
잭 리버의 검을 보고 나는 입을 벌렸다.
칼날의 은색이…… 떨어져 나가고 있어?! 은색은 도장이었던 거야?!
그 안쪽에서 드러난 것은 마치 청량한 아침 해 같은…….
"저 빛은!"
가웨인이 안색을 바꾸고 벌떡 일어났다.
단 두 명, 필과 라켈 선생님만이, 한쪽은 의기양양하게, 한쪽은 곤란한 듯이, 태연하게 그 광경을 바라보고 있었다.
『저 빛은 바로 세상에서 가장 무거운 금속 히히이로카네! 만약 저 검이 전부 히히이로카네로 만들어졌다면— 히히! 몇 톤이 될는지!』
『며, 몇 톤이라니……【자립의 투익】의 한계 중량을 한참

넘어섰잖아요!!』

『그러니 말이 안 되는 것이지. 일흔두 정령 중 하나를 그 몸에 품은 자― 〈숭고한 이별의 안드레알푸스〉의 「정령의 횃대」가 아닌 한은 말이다!!』

루스트라고……?

잭 리버도 엘비스 씨와 똑같이……?!

『히, 히히이로카네로 만든 검을 맞는다면 버틸 수가 없습니다! 그런데 윈저 2급은 어떻게……?!』

『그러니까― 저 녀석도 보통은 아니라는 것이지.』

자세히 보니 내리쳐진 아침노을색 검은 엘비스 씨의 눈앞에서 멈춰 있었다.

직전에 멈춘 건가……?

―아니!

나는 눈에 힘을 줬다.

역시 틀림없다. ―잘못 본 게 아니다!

엘비스 씨와 아침노을색 검 사이의 공간이―.

그곳만 거꾸로 뒤집혀 있는 것처럼 보였다.

◆

눈앞의 공간이 뒤집혀 있었다.

심지어 『새벽의 검』을 막듯 띠 모양으로, 마치 검처럼……!

나는 그 정체를 바로 알아차렸다.

기압 차에 의한 빛의 굴절— 신기루!

공기를 한계까지 굳혀서 검을 만든 거다……! 이런 일까지 할 수 있는 건가!!

"이 검을 쓰는 건…… 오랜만이야."

내 본능이 위험을 감지했다.

바닥을 차 단숨에 엘비스와 거리를 벌렸다.

저 검…… 리치는 어느 정도지? 젠장! 일렁일렁 흔들려서 잘 파악이 안 돼!

내가 20미터 정도 거리를 벌려서 착지한 그 순간이었다.

우웅!! 하고.

엘비스의 손에서 뻗어 나온 띠 모양 신기루가 횡으로 휘둘렀다.

거대한 크기에 맞지 않게 빠르다. 피할까? 무리다! 막는다—!

"이……!"

나는 순간적으로【자립의 투익】을 발동했다.

공기든 뭐든 간에 무게로 공격하는 것이라면—!

"—윽?!"

어.

……없앨 수 없어……?!

세상이 후려치는 듯한 충격이 횡으로 전신을 관통했다.

발이 바닥에서 떨어졌다.

잠시 기억이 사라졌다.

정신 차렸을 때는 관객석 아래쪽 벽에 처박혀 있었다.

『지…… 직격—!! 아레나의 벽에 격돌했습니다! 하지만…… 서 있어요!! 서 있습니다!! 리버 2급, 영력 고갈을 면했습니다!!』

『신기루 검을 무효화하려고 했지만, 안 된다는 걸 깨닫고 자신의 무게를 지우는 쪽으로 전환했구나. 덕분에 충격을 대부분 흘릴 수 있었어. ……뭐, 그래도 상당한 대미지겠지만 말이다.』

본래 아레나에는 들리지 않는 해설이 벽을 통해 들렸다.

말씀하신 대로입니다, 학원장님……. 부유 대상을 전환하는 게 한순간이라도 늦었다면 그대로 끝났을 거다…….

위력은 새벽의 검으로 가하는《단취의 품새 · 화식》과 동등하거나 그 이상.

너무 터무니없다……. 이게 바로 천재 왕자가 숨기고 있었던 비장의 카드인가……!

"하하하하하!!!! 오랜만이야, 안드레알푸스!!!! 이런 데서 만날 줄은 몰랐어!!!! 여전히 숫자 가지고 노는 게 취미야?!!!!!"

엘비스의 정령 〈파이몬〉이 무식하게 큰 목소리로 내 정령에게 말을 걸었다.

하지만 내 정령 〈안드레알푸스〉는 이제껏 말한 적이 없었다.

"귓가에서 너무 떠들지 말아 줘, 파이몬. 지금은 통상 오감을 주 감각으로 쓰고 있으니까."

"어이쿠!! 이거 실례!!!! 나도 동료를 만난 건 오랜만이라서!!!! 조금 흥분하고 말았어!!!!"

"그럼 이제부터 얼마든지 즐길 수 있을 거야. ……그렇지?"

……그렇지.

나는 일부러 웃으며 벽에서 등을 뗐다.

역시 충격을 완전히 흘리진 못했는지 옆구리의 감각이 일부 사라진 상태였다. 뼈나 내장의 부위 영력을 당했나. 하지만— 아직 다리에는 힘이 들어간다.

아마 두 번째 기회는 없을 것이다.

방금 그건 엘비스도 내가 반응할 줄 몰랐기에 해치우지 못한 것에 불과하다.

저 녀석도 알고 있을 터다. 내 자기 부유 방어의 약점— 완전히 가둬서 공격을 흘릴 곳을 없애면 그대로 압살할 수 있다는 것을. 이번에는 저 신기루 검과 벽 사이에 나를 넣어서 짜부라뜨리려 할 거다…….

일격 필살. 단 한 방이 치명상이 된다.

하지만 그건 이쪽도 마찬가지다. —아무리 엘비스가 대단해도 새벽의 검으로 가하는 초중량 공격을 맞으면 영력 고갈을 피할 수 없다.

즉.

정정당당한—.

—정면 승부다.

첫걸음을 내딛기 직전, 내 뒤에 선 〈안드레알푸스〉가 울었다.

처음으로 낸 그 소리는 그 모습과 마찬가지로 교회의 종소리 같은 장엄한 울림을 지니고 있었다.

그 울음소리에 힘을 얻은 것처럼 달렸다.

신기루 검을 든 엘비스에게, 일직선으로.

정체는 공기지만, 저만한 질량을 늘 손에 들고 있을 수는 없다. 하물며 휘두르는 건 말도 안 되는 일이다.

그렇다면 답은 하나밖에 없다.

검을 들고 있는 동작은 단순한 퍼포먼스, 혹은 정령술 발동을 위한 루틴이다. 실제로는 대상을 공격할 때와 방어에 쓸 때만 질량을 부여하고 있을 것이다.

즉, 내 새벽의 검과 거의 같다.

무게를 부여하느냐 없애느냐의 차이다.

나는 평소에도 정령술을 쓰고 있고, 방해될 때만 오프 상태로 바꾼다.

엘비스는 평소엔 자연스러운 상태고, 필요할 때만 정령술을 쓴다.

나도 저 녀석도, 공격력이나 방어력을 가지는 건 한순간뿐이다.

그 한순간을.

어느 쪽이, 얼마나, 움켜쥘 수 있을지—.

""—승부다!!""

아침노을색 검과.

신기루 검이.

—정면으로 격돌했다.

◆

모두가 열광하고 있었다.

아레나에서 펼쳐지는 광경에 흥분하고 감동하여 참지 못하고 소리를 질렀다.

칼부림.

칼부림.

칼부림.

잭 리버와 엘비스 씨의 정면 승부.

잭 리버가 눈에 보이지도 않는 속도로 아레나를 돌아다녔고, 엘비스 씨는 검을 횡으로 휘둘러 잭 리버를 내몰았다.

아침노을색 검과 신기루 검이 맞부딪칠 때마다 하늘이 진동하는 듯한 충격이 퍼졌다.

『리버 2급! 상공으로 날아올라 자잘하게 궤도를 바꾸며 윈저 2급을 강습―!! 윈저 2급, 반응했습니다! 간신히 피하고, 으악! 분진이 여기까지 날아왔습니다!! 하지만 그것도 윈저 2급의 신기루 검이 걷어 내서― 어라? 어디 갔지? 아, 있습니다! 저기 있습니다! 아~ 시합을 쫓아갈 수가 없어요!!』

―웅!! ―웅!! ―우웅!!

굉음이 폭발할 때마다 아레나의 바닥에 균열이 갔다.

이 싸움은 이 정도 무대로는 감당할 수 없다고 외치는 것처럼.

『히히히히히!! 히~히히히히히히히히!!』

『영왕님, 영왕님!! 아까부터 폭소하고 계시는데, 해설을 부탁드립니다! 이제 저한테는 벅차요!!』

『보면 알 수 있을 텐데. 이것이 바로 천재다! 지금 저 녀석들이 얼마나 비정상적인 일을 하고 있는지 아느냐?』

『굉장하다는 것만큼은 알겠습니다!』

『저 히히이로카네 검도 그렇고, 신기루 검도 그렇고, 저런 것은 손으로 그냥 들 수 없다. 충돌하는 순간! 그 순간만 질량을 해방하고 있는 것이다!! 아주 조금이라도 타이밍이 빗나가면 돌멩이 하나 못 막는 물렁칼이 되는 거다!! 그 한순간을! 저 녀석들이 대체 몇 번이나 격돌한 줄 아느냐?! 본인들도 알고 있을 것이다. 타이밍을 놓친 쪽이 그 즉시 진다는 것을!! 그렇기에 저 녀석들은 저 가공할 속도 속에서 항상 생각하고 있는 거다! 어떻게 하면 상대방이 타이밍을 놓칠지. 상대방이 어떤 수를 쓸지. 격돌할 때마다 그렇게 서로 예측하는 수 싸움이 일어나고 무승부가 이어지고 있다!! 이렇게 무서운 일이 또 있을까?! 체스 한 판을 두는 것에 필적하는 두뇌 싸움이 저렇게 많이 반복되었는데 여전히 승패가 판가름 나지 않는다니!! 히히히히히!! 30년 넘게 학원장으로 있으면서 이런 일은 처음이다!! 이만한 천재가 두 명이나 동시에 입학하는 일은 말이다!!』

나도 좋든 싫든 이해하게 되었다.

지금 눈앞에서 펼쳐지고 있는 것은 천재와 천재의 싸움임을.

하지만 그 이상으로.

그렇기에 그 이상으로.

움직이는 잭의 궤도가 경쾌해 보였다.

휘둘리는 뒤집힌 신기루가 신나 보였다.

끊임없이 교차하며 굉음을 연주하는 두 사람이.

평소보다 더— 생기 넘쳐 보였다.

검에 마음을 실어 서로가 서로에게 외치고 있었다.

이렇게 만난 기쁨을.

이렇게 싸우는 감동을.

이렇게 검을 맞부딪치는 즐거움을.

아아— 그런 거구나.

우리는 라이벌.

모두가 적이다. 경쟁 상대다.

서로 속내를 살피기도 하고, 서로를 실각시키려고도 한다.

—하지만.

그건 경의가 있기에 그런 것이다.

인정하기에 힘껏 밟는다.

강함을 추구하여 이 학원의 문을 두드린 우리는—.

—전력으로 싸우는 것이…… 최고의 우정인 거다.

"……라……."

나는 목소리를 쥐어짰다.

아주 오랫동안 내지 않았던 것 같은— 진심에서 우러나온 목소리를.

"……내라……. ……힘……! 힘내라……! 힘내라! 힘내라, 힘내라, 힘내라!! 힘내라아아아아아아아아아아아아아!!!!"

목이 찢어져도 상관없었다.

이 광경을 보게 된 것에 대한 감사와 기쁨을 힘껏 전하기 위해.

나는 두 사람을 향해 소리 높여 외쳤다.

"지 군!! 힘내애애애애애!! 지 구우우우우운!!!"

"지금이다! 거기야! 돌아들어!! 아아아아아아, 바보야아아아아아아아아!!"

"전하아아아아아아아아아아아아아아아아아!!!!"

친목회 때의 관계로는 두 번 다시 돌아갈 수 없다. ……그렇게 생각했던 것이 거짓말 같았다.

나도, 루비도, 가웨인도—.

전투과도, 첩보과도, 지원과도, 교사도, 교외 내빈도—.

그리고 잭도, 엘비스 씨도—.

—모두가 열광 속에서 하나가 되었다.

분명 이건 일시적인 일이다.

내일이 되면 또 서로를 실각시키려 드는 치열한 경쟁이 시작될 것이다.

하지만 그게 더는 두렵지 않았다.

왜냐하면 이 싸움이 증명해 줬으니까.

경쟁하는 것과 서로를 미워하는 것은 똑같지 않다는 것을.

아아…… 오히려 기대된다!

내일부터 어떤 방법으로 다른 3급생을 쓰러뜨려 줄까!

가슴이 뛴다. 아이디어가 샘솟는다!

아젤레아 오스틴의 불꽃은 더더욱 뜨거워진다는 것을 우매한 녀석들에게 알려 주겠다!!

◆

더워서 온몸이 타는 것 같다.

당장에라도 뇌수가 녹아내릴 것 같았다.

—너도 그렇지?

—나는 아직 더 싸울 수 있어.

—그럼 나도 더 싸울 수 있어.

엄청나게 많은 수 싸움을 계속해서 이제 상대의 사고조차 훤히 보였다.

이게 나의 사고인지 상대의 사고인지도 확실하지 않았다.

녹아서 하나가 된 사고 속에서 필사적으로 우위를 점하고자 했다.

—슬슬 한계지?

—너야말로. 움직임이 둔해.

—너도 점점 초점이 나가고 있어.

—집중하고 있다는 증거야.

—지친 거 아니야?

—오히려 머릿속이 점점 맑아지는데.

—그럼 이것도 피할 수 있겠네.

그 순간, 엘비스가 움직임을 한 템포 늦췄다.
내 몸은 반사적으로 그것에 반응해 버렸다.
"아차—."
아주 조금 타이밍이 어긋나면서 검이 크게 튕겼다.
팔이 머리 위로 들리며 몸통이 무방비하게 드러났다.
엘비스가 짙은 웃음을 머금었다.

—끝났다.

굉음과 함께 신기루 검이 휘둘렸다.
이제 와서 검으로 막는 건 불가능하다.
하지만 다른 거라면?
【자립의 투익】을 쓰면 자세도 중심도 관계없다……!
나는 앞으로 한 발짝 내디뎠다.
그리고 그대로 구르듯이 엘비스 옆을 지났다.
신기루 검의 무시무시한 위력이 직전까지 내가 있던 곳을 쓸었다.
하지만 잠시 목숨을 부지했을 뿐.
엘비스는 즉시 뒤돌아 다시 양팔을 치켜들었다.
두 번째 공격이 너무 빨랐다.

내가 피할 것을 예측한 것이다.

이번에는— 피할 수 없다.

아무것도 하지 못하고 올려다보는 내게.

대나무를 쪼개듯.

엘비스가 신기루 검을 내리쳤고—.

—아무 일도 일어나지 않았다.

"……어?"

엘비스가 멍하니 입을 벌렸다.

이에 나는 희미하게 웃었다.

미안, 엘비스.

정면 승부? 당치도 않지.

나는 줄곧— 이때를 기다리고 있었어.

나는 새벽의 검을 쥐고 일어나 멍하니 있는 엘비스에게 육박했다.

엘비스는 양팔을 들었다. 신기루 검으로 막으려 했을 것이다. 5초 전이었다면 내 검은 막혔을 것이 틀림없다.

하지만— 안타깝게도.

엘비스의 손에서는 이제 뒤집힌 공간이 생겨나지 않았다.

"우오오!!!!"

몸 안쪽에서 포효를 뽑아 올리고.
히히이로카네가 아침 해처럼 빛났고.
몇 톤에 이르는 그 중량으로—.

—똑바로 때려 부쉈다.

콰아아앙!! 충격이 일었다.
쩌적쩌적쩌적!! 균열이 바닥을 뒤덮고 아레나가 붕괴했다.
굉음의 잔재가 떠나기 아쉽다는 듯 웅웅 울리다가 이윽고 사라졌다.
불어온 바람이 피어오른 분진을 쓸어 가면서 완전히 붕괴된 아레나가 드러났다.
전장이 아니라 전장이었던 곳.
정적만이 공간을 채우고 있었다.
모든 것이 끝난 후의 세계.
—서 있는 사람은, 나 혼자였다.
엘비스 쿤츠 윈저는— 하늘을 보며 뻗어 있었다.
『위…… 윈저 2급…… 영력 고갈…….』
줄곧 들리지 않았던 중계가 이제야 내 귀에도 들렸다.
『시— 시합 종료!! 승자, 잭 리버 2급!!!!』
오오

오오오오오오오오오오오오오오오오오오오오오오오오오오!!!!!!!!

그런 환호성이 전방위에서 나를 감쌌다.

하늘을 올려다보니 그렇게 많았던 박쥐가 이제 거의 없었다.

파란 하늘이 그저 펼쳐져 있을 뿐이었다…….

"……어째서……."

"응?"

엘비스가 뻗은 채로 불쑥 중얼거렸다.

"어째서…… 마지막에, 정령술이……."

"이것 때문이야."

나는 그렇게 말하고서 왼손에 움켜쥐고 있었던 **펜던트**를 엘비스의 가슴 위로 던졌다.

"어?! 이거…… 어느새……?!"

"상대의 시선이 어딜 향하고 있는지를 잘 보는 게 요령이래."

훔친 거다.

엘비스 옆을 구르듯 지나친 그때.

"그 펜던트를 가지고 있는 게 너의 루틴이지?"

"어…… 어떻게……?!"

"그토록 강력한 정령술이니까. 뭔가 루틴이 있을 거라고 생각했어. 그렇게 추측하고서 네가 늘 가지고 다니는 물건을 눈여겨봤지. 네가 그 펜던트를 항상 교복의 왼쪽 주머니에 넣는다는 건 알고 있었거든."

"그럴 수가…… 나는 이 펜던트에 관해선 누구한테도……."

"누구한테도? 정말?"

"어……?"

"**인간이 아닌 것**도 포함해서, 정말 누구한테도 안 들켰어?"

엘비스의 두 눈이 점차 크게 뜨였다.

"……아아……. 아아아아……!! 아아아아아아아아!!"

"있었잖아? **딱 한 마리**. 그 펜던트를 본 적 있는 녀석이."

"……고양이…… 쿄우. 아아, 그런가, 그 박쥐도……!! 필리네 양……!!"

나와 필은 처음부터 콤비를 맺고 있었다.

엄밀히 말하면 급수 배정 시험이 끝난 직후부터.

그리고 엘비스를 가장 먼저 조사하자고, 처음 교실에서 얼굴을 마주하기 전부터 정했었다.

그래서 한바탕 연극을 벌였다.

필의 정령술로 불러들인 야생 고양이를 학급이 키우도록 유도했다.

이후로는 그 고양이 쿄우가 우리의 눈과 귀가 되어 줬다.

"쿄우가 나한테 자주 왔던 건, 내가 자주 챙겨 줘서가 아니라……."

"미안하지만 너를 감시하라고 했기 때문이야."

"……하하……. 하하하하하하……! 하하하하하하하하하

하!! 하하하하하하하하하하하하하하!!"

영력이 고갈되어 몸을 움직이지 못하는 상태로 엘비스는 크게 입을 벌려서 자지러지게 웃었다.

우와…… 이 녀석이 이렇게 웃는 건 처음 봤다.

엘비스는 한바탕 웃은 후, 「하아~」 하고 한숨을 쉬더니 입가에 미소를 띤 채 말했다.

"너는 강해. ……강해. 잭 리버."

"……정말로?"

"아직 못 믿겠다면 주위를 봐 봐. 무엇보다 확실한 대답이 있을 거야."

나는 그 말을 따라 주위를 보았다.

많은 관객이 있었다.

많은, 많은, 많은 사람이, 흥분한 모습으로 나를 보고 있었다.

지금까지 한 귀로 듣고 한 귀로 흘렸던 환호성이 이제는 몸속에 울려 퍼졌다.

……나는 사실 아무것도 아닌 녀석이다.

아주 조금 특수한 사정으로 신에게 특혜를 받았을 뿐인 평범한 사람이다.

줄곧, 줄곧…… 내 마음 한편에는 그런 생각이 있었다.

하지만 지금— 그것이.

몸속에 반복적으로 울리는 환호성 속에 녹아내려 갔다…….

"자, 보여 줘."
엘비스가 용기를 주듯 말했다.
"—이긴 사람은 너야."
나는 새벽의 검을 움켜쥐었다.
그것을.
드높이.
알려 주듯.

—머리 위로 치켜들었다.

그리하여.
한층 큰 환호성과 박수가 내 온몸을 감쌌다…….

연회 후

“잔치다, 잔치다! 그런 재미있는 시합을 보고 나서 안 마실 수 없지!!”

그렇게 학원장이 선언하면서 그날 밤, 학원 전체가 연회 모드에 돌입했다.

태평하게 지낼 수 있는 것도 마지막이라고 하지 않았나?

“수고~~!! 해냈네, 잭!!”

“지 군, 해냈어~!!”

“으억?! 필, 얼굴!! 얼굴에 들러붙지 마!! 그리고 아파, 아파! 등이 아파!!”

루비는 등을 퍽퍽 때리고, 필은 전혀 떨어질 생각을 안 했다. 이 녀석들은 격전을 치르고 온 인간을 위로할 생각이 없나?

“이야~ 역시 난 대단해! 설마 내가 가르쳐 준 소매치기 기술이 결정타가 될 줄이야!”

“아니야~! 내 고양이 덕분이야! 그치? 쿄우.”

고양이 쿄우가 야옹 울었다.

뭐, 확실히 이번 시합의 MVP를 뽑자면 이 고양이지.

참고로 쿄우의 이름을 지어 준 사람은 필이다. 인상에 남는 좋은 이름이다. 뭐, 이건 나라서 그렇게 느끼는 걸지도 모르지만.

"수고했어, 잭."

"아…… 스승님."

웬일로 차분한 목소리가 들리나 했더니 라켈이었다.

라켈은 부드럽게 미소 지으며 말했다.

"잭…… 내가 정령은 꺼내면 안 된다고 했을 텐데?"

"아."

깜빡했다. 그런 말을 했었지.

"일이 귀찮아질 테니까 꺼내지 말라고 몇 번이나 말한 거 기억나?"

"……죄, 죄송합니다……. 하, 하지만 안 꺼내면 이길 수 없었고……."

"알고 있어."

라켈은 갑자기 손을 내밀어 내 머리를 살며시 쓰다듬었다.

"자신의 안위보다 전력으로 싸우는 걸 택한 거지? ……그게 필요하다고 네가 생각했다면 나는 뭐라고 안 할 거야. 제자가 쓸데없는 걱정을 안 하게 도와주는 것도 스승의 역할이니까."

"스승님……."

……도적한테 납치당했을 때도 그렇고, 속만 썩이고 있네.

라켈은 분명 『속 썩는 것도 스승의 일』이라고 하겠지만.

"그러니까 이번에는 설교하지 않을게. ……자, 가 봐. 너와 얘기하고 싶어 하는 사람이 있는 것 같으니까."

"어?"

라켈의 말을 듣고 뒤돌아보니 빨간 머리 여자아이가 있었다.

아이는 내 시선을 알아차리고서 고개를 돌리더니 민망한 듯 깍지를 끼고 꼬물거렸다.

"……아젤레아. 할 말 있어?"

"아니…… 그게…… 추, 축하해."

"그, 그래. 고마워."

끝?

……아니지, 아젤레아가 순순히 축하해 주는 것도 보기 드문 일인가.

"저기…… 그게 말이지."

"아, 응."

"그게…… 그러니까, 그……."

조금 빨개진 얼굴로 말을 우물거리는 아젤레아.

……어라? 뭐지, 이거. 혹시 고백받는 건가?

아젤레아는 불명확한 말을 입 안에서 웅얼거린 후, 각오한 것처럼 나를 딱 보았다.

"……잭!!"

"앗, 네."

어라? 풀네임이 아니다.

"—다음은 나니까!!"

……응응?

"……미안, 무슨 말이야?"

"그, 그러니까……! 다음은 내가 싸울 거라고!! 너랑!! 엘비스 씨처럼!! 그리고…… 이길 거야!! 널 쓰러뜨리는 건 바로 나, 염신천조류의 아젤레아 오스틴이야!!"

갑작스러운 선언에 나는 당황했다.

……아, 그런가.

제대로 전해졌구나.

"……그래, 도전을 받아 주겠어. 먼저 네가 나랑 같은 급수가 되어야겠지만 말이지."

"금방 될 거야!! 금방!! 두고 봐!!"

조무래기 같은 말을 하고서, 아젤레아는 여전히 빨간 얼굴로 쌩하니 달려갔다.

만만치 않은 녀석이 잔뜩 있어서 기쁘기 그지없다, 정말.

"……지 군."

"끄엑."

갑자기 뒤에서 누군가가 내 목을 졸랐다.

누, 누구냐?!

라고 물어볼 것도 없이 필이었다.

"그래서 내가 말했잖아! 어떻게 책임질 거야~!!"

"끄에에에에에엑! 흔들지 마, 흔들지 마, 흔들지 마!!"

이해가 안 가, 이해가 안 가, 이해가 안 가! 왜 나는 목을 졸린 채 짤짤 흔들리고 있는 거야?!

"지 군은 멋있으니까! 멋있단 말이야!"

"가, 감사합니다……?"

"감사하라고 한 말 아니야~!!"

"끄에에에에에에에에에에에엑!!"

이해가 안 가!!

나는 정령술을 구사하여 필의 손을 뿌리치고 전력으로 탈주했다.

"아! 요놈! 기다려~!"

"기다리길 원한다면 설명해!!"

"삑~!! 지 군 포획 부대 출격!!"

"야, 동물을 동원하지 마!!"

나는 필과 필이 조종하는 동물로부터 있는 힘을 다해 도망쳤다.

"안녕. 잭 군. ……뭐 해?"

"수, 숨겨 줘……."

연회의 중심지에서 조금 떨어진 곳에 호젓이 테이블이 놓여 있었고, 연회의 또 다른 주인공일 터인 엘비스가 거기서 우아하게 혼자 차를 마시고 있었다.

엘비스는 숨을 몰아쉬는 나를 보고 쓴웃음을 지으며 차를 내밀었다.

"일단 마실래?"

"고, 고마워……."

그걸 단숨에 들이켜니 그제야 좀 살 것 같았다.

"후우……. 너는 왜 이런 데 있어? 너도 주역이잖아."

"파티를 빠져나오는 건 익숙하거든. 시끄러운 곳은 별로 안 좋아해서."

"아아, 그렇구나……."

엘비스의『왕안』은 아마 임의로 중지할 수 없을 것이다.

사람이 많으면 많을수록 인식되는 정보가 많아지고, 견디기 힘든 잡음이 되어 엘비스의 뇌를 좀먹으리라…….

"미안. 박쥐 시끄러웠지?"

"응, 아주. 머리가 깨지는 줄 알았어. 동굴 같은 데는 별로 다가가지 않는 게 좋을 것 같아."

"뭐, 앞으로 모든 투술장에서 박쥐를 기르기 시작하겠지만."

"그렇겠지……. 벌써부터 머리가 아파."

그렇게 말하면서도 엘비스는 미소 짓고 있었다.

이 녀석은 조만간 박쥐의 초음파도 극복하겠지.

그렇게 노력할 수 있는 게 기쁜 거다.

엘비스 쿤츠 윈저.

천재 왕자.

나는 이 녀석을 이겼다.

현시점에는 이 녀석보다 내가 더 강했다.

하지만 그렇다고 이 녀석의 강함이 부정되는 것은 아니다…….

나는 한 가지 결심했다.

"……엘비스, 할 얘기가 있어."

"응? 뭔데?"

"나한테는, 이 학원에 입학하는 것 말고도 왕도에 온 목적이 또 있어."

엘비스가 표정을 진지하게 바꿨다.

그리고 잠시 눈을 감았다.

"……괜찮아. 주위에는 아무도 없어."

"미안."

"그래서? 그저 날 믿어서 얘기하는 건 아니지?"

"맞아. 엘비스— 왕자인 너에게 얘기해 두고 싶어."

엘비스는 고개를 끄덕였다.

"말해 봐. 가능하다면 힘이 될게."

나는 이야기했다. 1년 전, 도적에게 납치당했을 때 들은 말과 일어난 일을.

여두령 비키가 무심결에 말했던『그녀』라는 존재.

나를 노리고 납치한 듯한 정황.

그리고 갑자기 집단 자살한 도적들—.

"……그 『그녀』라는 자가 도적들을 자살로 위장하여 전부 죽였다는 거야?"

"모르겠어. 하지만 가능성은 부정할 수 없어. 만약 그런 짓을 하는 위험한 녀석이 나나 필을 눈독 들이고 있다면— 나는 그 가능성을 없애고 싶어."

"그렇구나……."

엘비스는 입가를 가리고서 생각하기 시작했다.

"……팔이나 다리가 없는 아이를 모으는 귀족이 왕도에 있고, 납치된 아이는 그 녀석에게 팔릴 예정이었다는 거지?"

"비키는 그렇게 말했어. 아마 『그녀』라는 건 그걸 중개하는 중개인이나 뭐 그런 걸 거야."

"……소문일 뿐이지만, 그 귀족으로 짐작 가는 사람은 있어."

"정말?"

"라비니아 피츠헤르베르트. ……대대로 원로원 의원인 후작가의 현 가주. 거물 중의 거물이야."

숨죽인 목소리로 말한 이름을 나는 조용히 가슴에 새겼다.

원로원이라면 일본의 국회 같은 곳이다. 국왕이 집행하는 정치에 조언하는 입장이었다. ……얼마 없는 엄청난 상급 귀족이잖아.

"그 여자에게는 그 밖에도 안 좋은 소문이 부지기수야.

같은 원로원 의원은 물론이고, 지륜교도 그 여자를 눈여겨 보고 있어. 하지만 권력이 너무 강해서 왕가도 간단히 손 대지 못하고 있어……."

"그런 녀석이라면 비합법 조직과 이어져 있어도 이상하지 않나."

"그렇지. ……그리고 『그녀』 쪽도 짚이는 사람이 있긴 해."

큰 목소리가 나올 뻔한 것을 참았다.

"……그게 누군데? 왜 안 잡히는 거야?"

"방금 네가 말한 비합법 조직과도 이어지는 얘기야. 이 나라의 뒷세계는 어떤 조직이 다스리고 있어. 그 조직은 치안을 관장하는 정령술사 길드를 빗댄 것처럼 그저 『길드』라고 불리고 있어."

"『길드』……."

"불과 몇 년 전까지는 단순한 범죄 정령술사의 상호 조합이었어. 하지만 뒷세계 주민들의 입에 어떤 이름이 오르내리게 된 이후부터는 그 성질이 근본적으로 바뀌었어. 중개인에서 지배자로 말이지."

"……마치 왕 같네."

"맞아. 흡사 왕, 혹은 신이야. 그런데 『길드』를 좌지우지하는 인간의 이름은 아무도 몰라. 그래서 뒷세계 사람들은 그저 『그녀』라고 부르거나— 또 다른 통칭을 사용해."

"통칭?"

“모두가 알지만 모두가 모르는 이름. 어둠의 나라의 왕에게 걸맞은 이름이지.”

엘비스는 표정을 지우고서 입에 올리기조차 두렵다는 듯 짧게 그 이름을 말했다.

“—『비프론스』.”

나는 눈썹을 찌푸렸다.

“비프론스라면…… 정령 비프론스?”

서열 46위 〈비프론스〉— 일흔두 정령 중 하나다.

“유래는 그렇지. 정령 〈비프론스〉의 특징은 너도 알지?”

“……『정체불명』.”

“맞아. 정령의 모습도, 인간에게 깃들었을 때의 정령술도, 모든 것이 정체불명. 『베일에 싸여 있다』라는 사실 자체가 특징이 된 특수한 정령이야.”

엘비스의 〈방관하는 소란의 파이몬〉도 알려진 게 거의 없긴 하지만, 〈비프론스〉는 차원이 다르다. 〈비프론스〉의 정체를 알아내려는 생각은 정령술사에게 있어서 홍역 같은 것이다. 그래서 나도 조사해 본 적이 있는데…… 결론부터 말하자면 조사하기 전보다도 알 수 없어졌다.

조사할수록 알 수 없고.

알면 알수록 의미 불명.

걸을수록 헤매게 되는 짙은 안개 같은 존재.

그게 바로 정령 서열 46위 〈정체불명의 비프론스〉다.

"그래서 붙잡히지 않는 거야. 누가 비프론스인지 아무도 몰라. 『그녀』라고 부르기는 하지만 정말로 여자인지도 불명이야. 그저— **있다**는 것만 알지."

"있는 건 아는 거야?"

"「있는 건 아는데도」야. 도시 전설 같은 것과는 달라. 존재 자체는 확실한 것이 오히려 섬뜩해……."

"구체적으로 뭐 하는 녀석이야?"

"기본적으로는 중개인이야. 장물이나 납치당한 사람을 거래해서, 계산상으로는 엄청난 부를 얻고 있어. 거대 상회에 필적할 정도야. 그 외에 정령술사도 파견해. 도적이 경호원을 고용할 때 이용하지. 만약 이 녀석이 사라진다면 라에스 왕국의 범죄자는 80퍼센트가 굶어 죽을 거란 얘기도 있어."

"그건 역시 과장된 얘기겠지……."

"글쎄, 어떨까. 정체불명이니까."

"몇 년 전부터 거론되기 시작했다고 했는데, 구체적으로 언제부터 활동하고 있는 거야?"

"정확히는 몰라. 몇 년 전이라는 건 존재가 확인된 것이 그때쯤이라는 거고, 나타난 지 10년도 안 됐다는 둥, 반대로 이미 100년 전부터 있었다는 둥, 정보가 뒤섞여 있어."

"명확하지 않네……."

"〈비프론스〉 같지?"

그러게…….

알면 알수록 알 수 없어지는 정체불명의 비프론스.

"어쨌든 네 증언이 옳다면 이건 왕가도 무시할 수 없는 문제야. 다른 귀족도 피해를 볼 가능성이 있어."

"협력해 줄 거야?"

"증거가 없으니까 공공연하게 조직적으로 움직이지는 못하겠지만……. 약속할게. 내가 할 수 있는 건 최대한 협력하겠어."

"고마워. 든든하다."

나는 엘비스와 악수를 나눴다.

나 혼자 어디까지 가능할지 알 수 없었는데, 왕자인 엘비스가 아군이 되어 준다면 선택지는 폭발적으로 늘어난다.

라비니아 피츠헤르베르트.

그리고 비프론스.

라켈과 부모님에게 걱정 끼칠 만한 일은 두 번 다시 일으키지 못하게 해 주겠다…….

"—아~!! 지 군, 발견!!"

"아."

필이 멀리서 나를 가리켰다.

나는 즉시 도망치려고 했지만.

"확보~!!"

"으악?!"

여기저기서 솟아난 새, 고양이, 개들에게 순식간에 붙잡히고 말았다.

내가 정령술을 쓰지 못하도록 내 몸과 직접 접촉하지 않게 하는 빈틈없음도 완비하고 있었다.

"후후~ 아직 멀었군요!"

"젠장……."

달려와 의기양양해하는 필 앞에서 나는 고개를 숙이고 체념했다.

에잇, 구워 먹든 삶아 먹든 맘대로 해!!

"잭 군을 붙잡다니…… 굉장하네……."

엘비스가 진심으로 깜짝 놀랐다.

"익숙하거든요. 시간은 무시 못 하는 법이죠. 내조의 힘이에요."

"경험의 힘을 말하고 싶은 거야?"

"내조의 힘이야!"

"잠깐, 아파아파."

내 머리를 찰싹찰싹 때렸다. 어딜 봐서 내조의 힘인데.

"아니, 익숙하더라도 굉장해. ……왠지 자신감이 없어졌어……."

"응~? 엘비스 군도 굉장했어."

"어?"

"콰앙~! 쿠쾅~! 하고! 지 군의 그 검에 맞서 싸우는 사람은 처음 봤어!"

필은 폴짝폴짝 뛰며 온몸으로 신기루 검의 대단함을 표현했다.

그리고.

"아…… 고마, 워……."

엘비스는 멍하니 필을 보며 얼굴을 살짝 붉혔다.

……응응??

"필~! 어디까지 간 거야?! 나는 딱히 아무렇지도 않다니까~!!"

"이봐~! 정말이지, 주역이 없으면 흥이 안 나잖아!"

"전하! 어디 계십니까!"

아젤레아와 루비와 가웨인의 목소리가 멀리서 들려왔다.

필은 그쪽을 돌아보고 말했다.

"아~ 다들 와 버렸어. 내가 지 군을 데리고 가겠다고 했는데. 지 군, 도망치면 안 돼!"

그 말을 남기고서 필은 목소리가 들린 쪽으로 달려갔다. 세 사람을 부르러 갔을 것이다.

엘비스는 그 뒷모습을 눈으로 좇고 있었다.

"……."

나는 수많은 동물에게 깔린 채 기합으로 일어났다.

"우왓?! 잭 군?!"

"엘비스. 우리는 동료야. 협력자야."

"으, 응……. 그렇긴 한데……?"

"하지만."

덥석, 엘비스의 어깨를 세게 잡았다.

"넘으면 안 되는 선은 생각하자."

"어……?"

"생각하자."

"……네……."

……정말이지, 필의 붙임성도 곤란하다.

밤의 어둠 저편에서 소년 소녀 네 사람이 달려왔다.

앞으로 오랜 시간을 함께 보내게 될 라이벌이자 친구들이.

—하지만 달은 변함없이 우리를 내려다보고 있었다.

〈황금의 소년기: 신동 집결편— THE END〉

정체불명

오빠, 멋있었어— 아아, 오빠— 책략이 성공한 순간의 그 얼굴— 오빠, 오빠, 오빠— 승리하고 안도한 미소— 오빠, 오빠, 오빠오빠오빠오빠— 전부 멋져! 전부— 오빠—!!

하아— 따분해요.

……따분해…… 따분해…… 따분해…….

어째서죠?

오빠를 세상에 내보이고 싶었어요. 그래서 학원에 입학하게 했어요. 그래서 『진홍의 고양이』를 보냈어요. 그래서 『길드』라는 거창한 것을 준비했어요.

전부, 전부, 제가 바란 일이에요. 오빠라는 히어로가 활약하는 모습을 보려면 걸맞은 무대와 악역이 필요했어요. 그래서 준비했어요. 전부, 통째로, 제가 준비하고 마련했는데…….

실제로 기분 좋았잖아요?

재능 넘치는 오빠가, 논할 가치도 없는 어중이떠중이들을 무찔러 가는 모습은 숨이 거칠어질 만큼 기분 좋았잖아요?

그런데— 왜일까요. 이게 현자 모드란 건가요?

충족되지 않아.

충족되지 않아.

충족되지 않아.

따분해요. 허무해요. 시시해요.

아주 오랫동안…… 오빠를 만지지 못한 것 같아요.

……저는 실수했을지도 몰라요.

참으면 될 줄 알았어요. 불만스러운 건 그저 제가 참을성이 없어서 그런 거고, 때가 되면 오빠는 저를 봐 줄 거라고— 그렇게 생각했어요.

하지만 결정적인 착각을 했던 거예요.

치명적으로 잘못 생각한 거예요.

그걸 알아차린 이상…… 분명 이번에는 더 이상 안 되겠죠.

어쩌죠, 어쩌죠. 이러는 동안에도 오빠의 귀중한 수명이 1초씩 줄어들고 있는데—.

—아아, 오빠…….

오빠는 저를 사랑해 주고 있나요?

사랑해 주고 있죠?

그렇죠……?

오빠.

오빠…….

♪ 쎄쎄쎄 노 요이요이요이 ♪

♪ 걱정하지 말아요 무서워할 필요 없어 ♪

♪ 마음에 안 든다면 다시 하면 돼 ♪

♪ 랄라랄라 랄랄랄라 ♪

♪ 랄라랄라 랄랄라 ♪

♪ 랄라랄라 랄랄랄라 ♪

♪ 랄랄랄랄라…… ♪

〈TO BE CONTINUED TO— 황금의 소년기: 영왕 결전편〉

전생 따위로 도망칠 수 있을 줄 알았나요, 오빠? 2

초판 1쇄 발행 2023년 3월 10일

지은이_ Kyosuke Kamishiro
일러스트_ Kirin Kakeru
옮긴이_ 송재희

발행인_ 신현호
편집장_ 김승신
편집진행_ 권세라 · 최혁수 · 김경민 · 최정민
편집디자인_ 양우연
관리 · 영업_ 김민원

펴낸곳_ (주)디앤씨미디어
등록_ 2002년 4월 25일 제20-260호
주소_ 서울시 구로구 디지털로 26길 111 JnK디지털타워 503호
전화_ 02-333-2513(대표)
팩시밀리_ 02-333-2514
이메일_ lnovellove@naver.com
L노벨 공식 카페_ http://cafe.naver.com/lnovel11

ISBN 979-11-278-6772-0 04830
ISBN 979-11-278-6537-5 (세트)

값 8,500원

©Kei Sazane 2022
Illustration : Toiro Tomose
KADOKAWA CORPORATION

신은 유희에 굶주려있다. 1~4권

사자네 케이 지음 | 토모세 토이로 일러스트 | 김덕진 옮김

한가한 지고의 신들이 만든 궁극의 두뇌 게임「신들의 놀이」.
오랜 잠에서 깨어난 신이었던 소녀 레셰는 눈을 뜨자마자 이렇게 선언했다.
"이 시대에서 게임을 제일 잘하는 인간을 데려와!"
지명된 사람은「이 시대 최고의 루키」로 주목받는 소년 페이.
두 사람이 도전하는「신들의 놀이」는 난이도가 너무 높아 완전 공략한 사람은 제로.
그 이유는, 신들은 변덕쟁이에 불합리하고, 가끔은 이해할 수 없으니까.
그러나 그런 게임이기에 진심으로 즐기지 않으면 아깝다!
여기에 천재 소년과 신이었던 소녀, 그리고 동료들이 펼치는
지고한 신들과의 궁극 두뇌전이 펼쳐진다!

신과 인류의 두뇌전, 드디어 개막!

NOVEL

라이트노벨의 새로운 빛! L노벨의 신간은 매월 10일에 발매됩니다. http://cafe.naver.com/lnovel11

L NOVEL

©Yuichiro Higashide, Koushi Tachibana, NOCO 2022
KADOKAWA CORPORATION

데이트 어 불릿 1~8권

히가시데 유이치로 지음 | 타치바나 코우시 원안·감수 | NOCO 일러스트 | 이승원 옮김

"……저는 이름이 없어요. 빈껍데기(엠프티)예요. 당신은 이름이 뭐죠?"
"제 이름은 토키사키 쿠루미랍니다."
기억을 잃은 채 인계라 불리는 장소에서 눈을 뜬 소녀,
엠프티는 토키사키 쿠루미와 만난다.
그녀의 안내를 받아 도착한 학교에는 준정령이라 불리는 소녀들이 있었다.
서로를 죽이기 위해 모인 열 명의 소녀들.
그리고 비정상적인 존재이자 빈껍데기인 소녀.
"저는 쿠루미 씨의 일행이자 미끼…… 미끼인가요?!"
"아, 미끼가 싫다면 디코이라고……."
"똑같은 의미잖아요!"

이것은 토키사키 쿠루미의 알려지지 않은 이야기.
자— 저희의 새로운 전쟁(데이트)을 시작하죠

NOVEL

라이트노벨의 새로운 빛! L노벨의 신간은 매월 10일에 발매됩니다. http://cafe.naver.com/lnovel11